レジェンドノベルス
LEGEND NOVELS

普通のリーマン、異世界渋谷でジョブチェンジ　1

contents

1 …… 007
幕間・塔の廃墟の武器屋訪問 …… 151
2 …… 165
3 …… 224
4 …… 245

レジェンドノベルス
LEGEND NOVELS

普通のリーマン、異世界渋谷でジョブチェンジ 1

1

新宿駅の地下街。クリーム色の床にはぶちまけたように情報誌が散らばっていた。

僕はあまり読まないけど、壁のラックに入っているのはよく見る。アパートの特集雑誌、求人雑誌。

エステとかそういうのはそもそも男には関係ないから見ないけど、グルメ系のはたまに見たことがある。何度かクーポンにはお世話になった。

ふだんならこんなに散らかっていることはない。散らかったらやっぱり僕らが寝ている夜の間に清掃員さんとかがかたづけてくれていたんだろうか。

スーツの内ポケットからスマホを取り出して見る。壁紙に設定したアナログ時計がさしているのは午前零時十二分。

最後にコーヒーを飲みながらメールを見たときには時刻表示は十一時二十五分だった。明日、お客さんの所に直(ちょく)で行くこと、とかいう内容だった気がする。あれから一時間も経(た)っていないのに驚いた。

新宿駅地下なのに、今はアンテナには圏外を示すバツ印がついている。

左に目をやると、壁には芸能ネタに疎い僕でも知っているアイドルの女の子の大きな笑顔の写真が貼られていた。

いつもは電気に照らされている広告スペースだけど、今日は電気はついていなくて、かわりに宙に浮かぶ光の球の白い光がその笑顔を照らしている。

ふだんと違うのはもう一つ。今はその笑顔のど真ん中に杭のような黒いものが突き刺さっていることだ。杭には包丁のような棘が無数に生えている。

そして、目の前には天井ほどまである巨大な黒い塊、というか横倒しになった巨大な蜘蛛の胴体の残骸があった。壁に突き刺さっている杭はその長い脚の一本だ。断末魔で暴れたときに壁に刺さったらしい。

地面に突っ伏している蜘蛛の上半身は人間の女のものだった……ように遠目には見えたけど。近くで見ると目は真っ黒、裂けた口からは牙がのぞき、白い肌にはタトゥーのように黒い血管のようなものが走っている。

切り裂かれた喉から黒い体液があふれ、ベージュの床からは白い煙があがっていた。というか切り裂いたのは僕だけど。

この煙を見る限り酸性溶液に近いんだろうな、とぼんやり思うのは職業病かもしれない。刺激臭がひどくなってきたのでスーツの左手の袖で覆って一歩下がった。

右手を見ると、僕の手が握りしめているのは三銃士とかに出てきそうなクラシックなマスケット長銃だ。竜をモチーフにしたような飾りが槍(やり)のような銃身に彫り込まれ、先端には長めの波打つような銃剣がついている。

ずっしりと重いけど、重さ的にはいつも使っている工具箱と同じくらいだ。ちょっと握るには径が太いところが違和感はあるけど。硬い感触が指先に伝わってくる。

警戒を解かないまま蜘蛛を眺めていると、黒い渦巻きのようなものが現れた。海の渦とかのようなものがそのまま宙に浮かんでいる感じだ。

黒い巨大な蜘蛛の体が分解されるかのように、こんな表現は滑稽だけどポリゴンが崩れるかのようにボロボロと解けていき、その中に吸い込まれていった。

蜘蛛の体が跡形もなく消えた後には、そこらじゅうに散らかった雑誌、砕けたガラスと無数の切り傷が入った壁、体液でただれたように変色した床、蜘蛛が暴れて荒れ果てた、としか形容できない新宿の地下道が残された。

恐ろしいほどの静寂が満ちる。たぶん危険は去った……となんとなく思う。

そう。ここは新宿駅のはずだ。普通モンスターなんかでないし、この時間なら電車に乗ろうとする人がいくらでもいるはずなのだ。

後ろに視線をやると、どう見てもサラリーマンには見えない、コスプレをしたかのような革の鎧を着た短い金髪の男がしりもちをついたまま僕の方を見ていた。

「……なんなんだろうね、これは」

独り言を言っても返事は返ってこなかった。

そういえば今日の中央線の高尾行きの終電は確か零時四十分ごろだったと思う。まだ余裕があるな……そもそも電車が動いているかが怪しいけど。

唐突に崩れかけた天井から電灯が落ちてきて、ガシャンと音を立てた。

つい二時間ほど前、僕は御茶ノ水の会社で残業して、今日の報告書を書いていた。

一時間前は元彼女とすぐそこのどこにでもあるチェーン系のカフェでコーヒーを飲みながら、予想どおり別れ話を切り出されていた。

そして今はこのありさまだ。

……何もかも、現実感がないまま思い返す。

この三十分足らずの間に起きたあまりにも奇妙で不可解な出来事を。

＊

「今、何時？」

向かいの席に座っている彼女が聞いてきたから、ポケットに入れたスマホを取り出そうとした。

僕は腕時計はあまり好きじゃないから、仕事が終わるとつけていない。

時刻表示は十一時十八分。

「あ、もうこんな時間なんだ……」

僕が時間を言う前に、彼女が腕時計を見ていた……何のために聞いたんだろう。

「じゃ、ごめん。もう行くね」

横のいすに置いた鞄（かばん）を手に取って彼女が立ち上がる。

「……なにも言ってくれないの？」

悲しそうな目で僕を見る彼女に、僕は何も言えなかった。

最後くらい気が利いたことをと思ったけど、そんなものがパッと浮かぶような男だったらこんな状況にはたぶんなっていないだろう。結局、最後に出たのは我ながらヒドイ、陳腐なセリフだった。

「……ごめん」

「……じゃあね……さよなら」

そう言って彼女は行ってしまった。どっかにこんな歌詞があった気がするな、と思いながら僕は見送った。

いつもは順番に奢(おご)りあいをしていて、今日はどっちの番だっけ、と言い合うのが僕らの定番だった。でも、今日は自分の精算書をもっていくあたりが、決別の意思を示しているようで悲しくなる。


今は新宿駅の地下のカフェにいる。お客さんは僕ら以外いない。僕ら、といったのはさっきまで僕の彼女がいたからだ。彼女にはついさっき別れを告げられたので元カノだけど。

残業して報告書をようやく仕上げて、これから満員電車に揺られて帰ることのゆううつさを思ったときに突然来た彼女からのメール。唐突に新宿で会おうって話の時点でいい話ではないだろうな、とは思ったけど、案の定別れ話だった。

忙しくて相手にしてくれないのはもう辛(つら)い、ってことだった。ここのところはずっと仕事仕事だったし、言われても仕方ないかもしれない。

店員さんは気を使ってくれたのか、表には出てこなかった。

なんか冷めた気持ちで冷めたコーヒーをすすっていると、スマホにメール受信の表示が出た。

『明日、八時にANY商事へ直行すること』

部長からのメールだ。残業が終わったのがついさっき。メールの受信時刻は午後十一時二十五分なんですが、それは。あまりにも心が温まる指示だ。

一生懸命働いても何かが変わるわけじゃなく、会社の役に立っている感じでもなく、手応えもなく。ただ日々を過ごして消耗していってる、そんな感じだ。

僕がいる意味はあるんだろうか。会社員は歯車、なんていう表現はよく聞くけど。歯車が欠けたらすぐに別の歯車に付け替わるんだろうか。

それとも歯車は歯車で付け替えるのに多少の手間はかかるんだろうか。そうなら僕にも価値はあるんだろうか。


「もうどっか行っちゃいたいよ」

「……じゃあ行こうか？」

なんとなくつぶやいた独り言。それに思いもかけず返事があった。

＊

びっくりして顔を上げると、向かいの席にいつのまにか一人の子供が座っていた。誰？

しかもいつのまにかオレンジジュースまでテーブルの上に置いてある。ぼんやりしていたとはいえど、いつのまにか人が向かいに座って、しかもジュースまで出ているのを見落とすのは我ながらひどい。

それに、もう夜十二時近い。子供がいていい時間じゃないと思う。

僕が少年に小言の一つもいう前に、少年が口を開いた。

「なんか辛そうだよね」

「え？」

「……話してみない、お兄さん。楽になるかも」

にっこりと少年が笑った。

どこにでもいそうな塾帰りのブレザーを着た十二歳くらいの男の子、という感じだけど、なんかひきつけられるものがある笑顔だ。

少年はほほ笑みながら黙ってこっちを見ている。

話してみろって言われてもなぁ。二十五歳にもなった社会人がこんな子供に愚痴を言うのもどうなのか、と思う。でも誰かに聞いてほしいような気もするし。

一瞬ためらったけど、まあいいかと思った。もう会うこともないだろうし、愚痴らせてもらおう。

「僕はさ、社会人になって、世の中のために仕事をしてみたかったんだよね。お客さんにありがとう、と言われたり、がんばって会社とかをよくできたらいいな、って思ってたんだ」

「へぇ。立派じゃない」

こんなことを子供に言ってもわかるんだろうか。

年齢でたぶん倍近い大人が子供に励まされるのも恥ずかしいけど、話し始めた以上は、もう気にしないことにした。

「でもさ、実際はがんばってもちょっとしたことでクレームもらうことばっかりだし、がんばって営業しても先輩に手柄取られたりするし。会社のシステムもいつまで経っても効率悪いばっかりで意見出しても全然変わらないし。そんなもん、といわれればそんなもんなのかもしれないけどさ。もう疲れちゃったよ」

僕、風戸澄人（かざますみと）二十五歳、都内の工学系の大学を出て三年。自分はもっと世界を変えられると思っていた。でも現実は甘くなかった。

「ごめんね、こんな話して。わかんないよね」

「そんなことないよ。たいへんなんだね、大人って」

誰かに話すと少しは気が楽になる。胸の中にわだかまっていた気持ちが少し軽くなった。

ストローでジュースを一口飲んで、少年が口を開いた。

「お兄さんは今何をしてる人？」

「電機関連の工事の営業兼技術職かな。でもなんでもやるよ。小さい会社だからね。事務もするし」

少年が僕をじっと見つめる。

改めて見ると、整った顔立ちで、大きめの栗色（くりいろ）の目に、短く切った癖っ毛の黒髪。ボーイッシュ系の女の子と間違いそうな美少年だ。見つめられると、ちょっと赤面してしまう。

「今の会社は辛いの？」

言われてふと考え込んだ。

やりがいがないわけじゃない。給料が安すぎるわけでもない。先輩や上司を蹴飛ばしたくなるときもあるけど、それは僕の会社に限ったものでもない。

今すぐ逃げたい、とかそういうのとは違うけど。

「このままでいいのかなってね、思うんだ」

今の気持ちをいちばん端的に表してるのはこれだ。

このままこの職場で仕事に追われながら過ごしていいのか？　将来は大丈夫なんだろうか。それともこれは三年目にやってくることが多いらしい仕事辞めたい病なんだろうか。

少年が頬に手を当てて考え込むようなしぐさをする。

「じゃあさ、思い切って転職してみない？　僕が紹介してあげるから」

＊

少年から思いもしない言葉が出てきた。紹介してくれるっていっても、彼はどう見ても子供なんだけど。

なにを言っているんだろうと思ったけど、でもいまやＩＴ企業とかなら高校生が社長とかだったりする時代だ。見た目だけでは判断できない。

気休めなのか、まじめなのか。

少年が僕の出方をうかがうように、黙ってこっちを見ている。ちょっと興味が出た。

「どういう職場？」

「人のために働けるよ。お兄さんなら大丈夫」

「そうじゃなくて仕事の内容は？」

「うーん。一言でいうと体を使う仕事だね」

体を使う仕事、というと。肉体労働系だろうか？

「勤務地は？」

「東京だよ。しばらくは渋谷かな。でもその先どうなるかはお兄さん次第だけど」

都心で体を使う仕事。ぱっと思いつくのは建設系とか運輸系とかそのあたりだ。

転勤ありというのは、成績次第では栄転というニュアンスなのか、それとも左遷されるかもということなのか。

今の会社は小さめで、支社は埼玉にあるだけで転勤とかで環境が大きく変わる、ということはない。そんな僕としては、転勤ありというだけでけっこう大きな会社に思える。

「給与とかは？」

人間は霞（かすみ）を食べて生きてはいけない。待遇はすごく大事だと思う。

それに給与アップを求めて転職してみたものの結果的には給与が下がった、なんて話も聞く。安易には決められない。

「歩合制。がんばれば思い切り稼げるよ。みんなの役にも立つ」

歩合制……最近の歩合とか成果報酬とかいうと鬼のようなノルマを押し付けられるイメージしかないんだよなぁ。ちょっと引いてしまう。

「大丈夫だよ。むちゃくちゃなノルマがあったりはしないから。普通に仕事してくれれば大丈夫。がんばれば稼げるってだけ」

僕の懸念を察したかのように少年が言った。

「大丈夫、悪い話じゃないよ。本当さ」

自信満々な口調で断言されると、なんとなくそうかもな、と思ってしまう。

冷静に考えてみよう。とりあえず職場が渋谷なら、今アパートを借りている立川から引っ越しはしなくていいだろう。今の話を聞く限り無茶なノルマを押し付けられることもなさそうだ。

肉体労働もまあいいや、と思う。高校では剣道、大学では自転車をやっていて、それなりに体力はあるほうだ。ついていけないってことはないだろう。今の話だけ聞く分には悪くはない気がする。

「どうかな？」

「うーん、話くらいは聞いてみたいっていうのでもいいの……？」

「それでも大丈夫だよ。ならこの書類を取って」

どこから出したのか、よくいえば古風な色の、悪く言えば黄ばんだ感じの畳まれた紙が一枚差し出された。

紺色のテーブルに紙の白さが映えるけど、コピー用紙の白さに慣れた身としてはこのくすんだ感じの色は新鮮だ。

手で触れてみると、手すきの和紙のようなちょっとざらついた感触がする。

転職か。考えたこともなかったけど、言われてみれば今の職場ですり減ってくよりは環境を変えるのもいいかもしれないな、と思う。

ともあれまずは話を聞いてからか。ほんとに転職するなら、早めに今の会社の退職手続きをしないと。

「なんか……ありがとう、というべきなのかな？」

「どういたしまして。僕もお兄さんみたいな人にあえて嬉しいよ」

「君はその会社の関係者なの？　まさかの社長とか？」

見た目はどう見ても子供だし、通りがかりの転職エージェントとかとは思えない。その会社の社長とか、社長さんの身内とかならあり得なくもないけど。

少年は笑ったまま答えてくれなかった。

まあでも、その転職先に行けばわかることかな。

「ところで、本当に転職するとしたら、たぶん今の職場の退職の手続きとかで一ヵ月くらいはかかると思うんだけど。それにその仕事の内容も知りたいし、その新しい職場で話を聞けばいいのかな？　この紙に書いてあるの？」

「今すぐわかるよ」

少年が言った。

「え、何？」

「じゃあがんばって」

何のことか考えるよりも早く。

唐突に、周りが真っ暗になった。

＊

いきなり真っ暗になってパニックになりかけたけど、立ち上がったら足をテーブルにぶつけた。太ももに痛みが走って、ガタンという音がしてテーブルが揺れる。

「痛ってぇ」

声が出たけど、なんとなくそれで落ち着いた。あまりの真っ暗さに目が見えなくなったんじゃないか、と思ったけど……停電か？　これは、たぶん。

完全な闇っていうのは、あんまり経験がない。キャンプとかしたときも、月明かりくらいはあった。

「あっ、大丈夫かい？」

少年に声をかけたけど、返事がない。

机の表面を探ると、指先にスマホが触れた。落とさないように慎重に取り上げてタッチパネルを操作する。淡いＬＥＤの光が浮かび上がって、少し気分が落ち着いた。

ライトをつけると、白い光の輪が真っ暗な闇を照らす。

テーブルやメニューはそのままで、僕の飲んでいたコーヒーのカップもあるけど、少年はいなくなっていて、オレンジジュースのグラスも消えていた。

どこに行ったんだろう。でもテーブルの上には紙が残っていて、あの少年がいたことを確かめさせてくれる。

まさかとは思うんだけど……突然気を失って、誰もいない駅構内に取り残された、なんてことなんだろうか。

でも、今日は酒は飲んでないし、いくらなんでも店員さんが起こしてくれるだろう。

改めてスマホの時計を見る。午後十一時四十七分。さっきからそんなに時間は経っていない。

「すいませーん！」

深呼吸してとりあえず気持ちを落ち着かせる。

大きめの声で呼んでも店員さんは出てこなかった。

「誰かいませんかー？」

店の奥にもう一度声をかけたけど、またもや返事はなかった。声が暗闇に吸い込まれていくように何の音もしない。

停電なのかどういう状況だかわからないけど、普通じゃないことは確かだ。こういうときは店員さんが避難誘導とかするんじゃないのか。ノーリアクションなのはあまりにも無責任な気がする。

とりあえず精算して帰らないと。停電だったら電車も止まるんだろうか。

このままJRが止まれば明日出勤しない理由になるだろうか……いや、ならないだろうな。

転職するにしても明日から仕事をぶっちぎるわけにもいかない。明日に備えてどこかでホテルに泊まるほうがいいのかもな。

……こんな状態で仕事の心配なんてしている自分にうんざりする。

もう辞めようかとさっきまで思っていたのに。

何かニュースでも流れてないか、そう思って闇の中で四角く浮かんでいるように光るスマホの画面を見たけど。なぜか、圏外になっていた。

新宿の地下街一階で圏外にはならないと思うけど。それとも停電になったら携帯のアンテナも壊れるんだろうか。

いずれにせよ、ここにいても仕方ない。まずは地上に出よう。停電だとしたらそれなりに混乱しているだろうな。どこか泊まれるところはあるんだろうか。

しかし。周りを見渡すと、何だか違和感を覚えた。

停電とはいえ、非常灯さえもついていない。光は僕のスマホのライトだけ。あとは押しつぶされそうな漆黒の闇だ。

それに、さっきまで店の外の通路には人がいたはずだ。突然真っ暗になったのに、声ひとつ聞こえてこないのもおかしい。足音もしない。

一瞬、自分がたった一人で暗闇の中に取り残されたような気がして、言いしれない怖さが襲ってきた。

とにかく、外に出てみよう。外に出れば少しは状況もわかるだろう。

「ここにお金置きますよー」

ライトを頼りに財布から千円札を出してコーヒーカップの下に置く。またもやノーリアクションだ。仕方ない、おつり五十円は諦めた。

ポケットにテーブルの上の紙を押し込んで、ライトをつけて足元に注意しながら店の外に出る。

相変わらず人の気配がまったくしない。ふだんならいたるところに光っている案内板もない。地上への出口に近いのは右と左とどっちだっただろうか。

＊

左右を見ていると左の方に一瞬明かりが見えた。見間違えかと思ったけど、漆黒の闇では白い光は目立つ。間違いない。光だ。揺れるようにこっちに近づいてきて、駆け足の足音が聞こえてきた。

もう消防とかが来たんだろうか。だとしたら早い。さすがは日本のレスキューだ。

それに、いくら慣れた新宿駅とは言っても真っ暗闇で一人ぼっちっていう状況ってのはけっこう怖いから人がいてくれるのは嬉しい。スマホを掲げて手を振る。

「すいませーん。大丈夫ですかー？　消防のひとですか？」

光に向かって呼びかけた。

走ってくる足音がして、人影が大きくなる。

「人がいるみたいだぜ、旦那」

「ばか言うな。なぜこんなところに？　ソロか？」

「ここは未踏区域です。人がいるとは思えないんですけど」

二人の男性の声、最後の一つは女性の声だった。

「でもよ、ほらここに」

光が近づいてくる。暗闇に慣らされた目にまぶしい光が飛び込んできて、目を背けた。

そこに現れたのはレスキュー隊員というよりコスプレイヤーという感じの三人組だった。

＊

先頭は短い金髪に、金のライニングをした革の胴当てらしきものを着た二十歳過ぎくらいの兄ちゃんだ。

先端が光る棒のようなものを松明（たいまつ）でも掲げるかのように持っている。ＬＥＤライトだろうか？　でも見た目はただの棒にしか見えない。

身長は僕よりちょっと高いくらい。懐中電灯のような明かりの下でも、日本人じゃないことと、モデルのようなイケメンだってことはわかる。

その後ろは黒みがかったブラウンの髪を後ろで束ねて、薄く無精ひげを生やした、精悍（せいかん）な感じのアスリートという雰囲気の渋い年上っぽい男だ。身長百九十センチは軽く超えているだろう。身長もだけど、体つきもごっつい。

茶色のマントを羽織っていて、その中には革か何かでできた頑丈そうなジャケットのようなものを着ているのが見える。

いちばん後ろにいるのは若い長い黒髪の小柄な女の子だ。和風っぽい柄の長いひざ下まで届きそうなロングコートのようなものを着ている。

前髪をまゆの上で切りそろえている。白い肌と切れ長の目がなんとなくかわいらしい日本人形のような雰囲気を漂わせる。

ただ、全員どう見てもレスキュー隊じゃないことは間違いない。新宿駅の地下にいそうな人でもない。控えめに言ってもコスプレパーティ帰りって感じだ。

「レスキュー？　じゃないですよね？　停電ですか、これ？」

真ん中の男がこちらに鋭い目線で一瞥をくれると周りを見渡した。なんとなく彼がリーダーっぽい。

「リチャード！　向こうで警戒に当たれ」

「あいよ」

リチャード氏が身を翻して今来た方に戻っていく。

黒みがかった髪の彼が改めてこちらを見た。

「おい、あんた、仲間とはぐれたのか？　それともソロか？」

男はどう見ても外国人だったけど、なぜか言葉が理解できた。ところで、ソロってなんですか？音楽？

「なんでもいい。ここにいるんなら探索者だろ。敵がくるかもしれないんだ。手を貸してくれないか？」

僕の答えを待たずに男が言い募る。

手を貸してって、何をだろう？　何が何だかわからず混乱していると、遠くからリチャード氏の声が聞こえてきた。

「アーロンの旦那、残念なお知らせだ。来るぞ！」

アーロン氏が舌打ちしてそっちの方を向く。そして、ふと気づくと、地面や天井が揺れていた。かすかな振動がだんだん地鳴りのような音になってきた。地面がはっきりわかるくらい激しく振動して、天井から細かい破片が降ってくる。停電の次は地震か？

「……逃げ切れないか。レイン、明かりをつけて防御の準備を。リチャード、下がるんだ！」

リチャード氏がこっちに戻ってきて、レインと呼ばれた黒髪の女の子が身長より長い杖のようなものを構えて何かをつぶやき始める。

ところでその杖……どこから出した？

「【我が言霊が紡ぐは光……闇よ退け】」

突然、目の前に光の玉が現れて、真っ暗だったあたりが光に照らされた。

いつもどおりの新宿駅地下一階、いつもどおりのショーウインドウと無料広告紙、レストランやさっきまでいたカフェ、コインロッカー。

そして場違いなコスプレイヤー三人。やはり状況が摑めない。

突然現れた光の玉は空中に浮き、熱くはなく、まぶしすぎない強さであたりを照らしている。なんだこれは？　こんな家電あったっけ？

ぽかーんとしているうちに地響きのような音がますます近づいてきて、突如十メートルほど向こうの天井が崩れた。

ガラガラとすさまじい音が地下道に響き、砕けた電灯やガラスが飛び散った。もうもうと煙が舞う。

「なんだこれ、げほっ」

「来るぞ！　備えろ！」

地下道の煙が少し薄くなる。

その煙の向こうにいたのは……なんと、モンスター？だった。

*

モンスターというと現実感がなさすぎるけど、僕の乏しい語彙ではそう言うしかない。

光に照らされたそれは、上半身は人間の女、下半身は巨大な蜘蛛、という、ＲＰＧとかで見たことがあるようなモンスター。

あまりの複雑さに迷宮なんて言われたりする新宿地下街だけど、いつのまにモンスターとエンカウントする本物の迷宮になったんだろう。

「あんた、ここまで一人で来れるくらいだ。手練れなんだろ？　手を貸してくれ」

アーロンさんとやらが僕を見て言う。さっきの手を貸すって、あれと戦うのに手を貸せってことですか？

僕は高校時代に剣道をやっていただけで、それ以外に戦いなんてしてないし、けんかも弱かったし、今はただのサラリーマンだ。とてもあんなのと戦うことはできない。

「手助けをしたいのはやまやまだけど……何が何だかわからないんです」

「何言ってんだ。一人でこんなとこまで散歩しに来たわけじゃないだろう？」

「ついさっきまでそこの店でお茶飲んでたんですって。ほらあのテーブルにコーヒーカップもあるでしょ」

店を指さしたけどコーヒーカップが見えたかはわからない。アーロン氏は僕をまじまじと見て、肩を落とした。

「リチャード、レイン、コイツはあてにならん。俺たちで何とかする！」

「援軍じゃねぇのかよ、がっかりだぜ」

「わかりました」

がっかりされるのは悲しいけど、どうしようもないものはどうしようもない。

蜘蛛がこちらに向かって猛スピードで突撃してきた。

リチャード氏が前に出てその前に立ちふさがる。その手にはいつのまにか、金色に輝く鞭(むち)のようなものが握られていた。

レイン嬢がまた何かをつぶやき始める。

「【我が言霊が紡ぐは盾。鋼(はがね)となりて矛を止めん】」

突然、リチャード氏とアーロン氏の体にオーラのような青い光がまとわりついた。

リチャード氏が金色に輝く鞭を振り回して蜘蛛と戦い始める。

振り下ろされる脚を軽快なステップでかわし、鞭で脚や人間の上半身を打ち据えた。蜘蛛が鞭で打たれて後退する。

アーロン氏はレイン嬢を守るようにして立ちふさがった。その手にはこれまたいつのまにか盾と剣が握られている。

目の前で始まったファンタジーゲームか何かのような戦い。この現実感のない状況で僕は何をすればいいんだろう。何かできることは。

……といっても今はスーツ姿で、持ち物は携帯、鞄、財布、家の鍵くらいだ。僕にできるのはせいぜい石を投げるくらいしか思いつかない。

少しは役に立つだろうか。手近な瓦礫(がれき)を拾い上げる。

とそのとき。

突然、ポケットに入れていた、あの少年がくれた紙が突然僕の目の前に浮き上がった。

新宿駅で大停電になったと思ったら、変なコスプレイヤーと会って、次はモンスターが現れた。

モンスターの次は、紙が浮かぶとか。もう何でも来いって感じだ。

呆然と紙を眺めていると墨で書いたように紙に文字が現れる。

紙が空を飛んでるのも何が何だかわからないけど、文字は日本語だった。


》スロットホルダーの意思を確認しました。

》スロットのセットを開始します。

》スロット判定を行います。よろしいですか?

》YES／NO

＊

ゲームみたいな表示が紙に現れた。

僕の頭はストレスでイカレタのか? それとも実は暗闇の中で寝ていて夢でも見てるんだろうか?

「YES……?」

》スロットを判定します。

〉

≫

≫

≫≫

紙に文字が現れて縦にスクロールするように流れていく。なんとなくコンピュータのプログラムが流れているみたいだ。

黙って見ていると、ようやく意味がわかる文字が出てきた。

≫あなたの「スロット」は

A攻防・6

B攻防・4

C攻防・6

D魔法・6

E魔法・6

F魔法・5
G特殊・5
H特殊・6
I特殊・6
です。

》同種スロットは連結できます。

》G・H・Iスロットを連結します。

》G・H・Iスロットに第三階層管理者（グレードスリーアドミニストレーター）のスキルをセットします。

》ほかのスロットを連結しますか？


連結しますか、と言われても何が何だかわからない。

「おらぁ、かかってこいや」

その向こうではリチャード氏が鞭を振り回して戦っている。

よく見ると鞭には刃のようなものがついているらしく、光が反射してきらめく。斬撃鞭（ざんげきべん）とかどっかの古典アニメのようだ。

蜘蛛の前脚が床のタイルや壁に突き刺さり破片が飛び散った。

スロットってのがそもそもわからないうえに、勝手にＧ・Ｈ・Ｉのスロットは連結されてしまったわけだけど。

「意味がわからないんだけど……」

≫ガイドを行いますか？

僕の疑問の声を聴いてくれたのか、親切な表示が現れた。ガイドってのはヘルプ機能的なものなんだろうか。

何が何だかわからないけどありがたい。

「ガイドを表示してください」

≫スロットは攻防、魔法、特殊、回復の四種あり、あなたの固有の才能です。

≫スロットには攻撃方法、魔法などをセットできます。スロットの数が高いほど強力なスキルをセットできます。

なるほど。6ということの数値はいいのかはわからないけど、これが僕の「才能」らしい。自分の才能を数字で見れるのはなかなか便利だ。

これを見る限り、スロットは連結すると強力な攻撃ができたりする。

ただしスロットに技をセットする、ということは、連結すればスロットの絶対数は減るわけで、使える技の数は減る、ということなのかな。

とっさにこういうことまで考えられるのは、御多分に漏れず僕も一時期ゲームにハマっていたからなんだけど。

改めてスロットを見直す。回復がないところを見ると、僕には回復魔法の素質はないようだ。

これは残念。ゲーム的には回復系のスキルはあると便利なんだけどね。

ガキンと音がしてアーロン氏が吹き飛ばされ地面に転がったのが見えた。

「レイン！　防御(プロテクション)が切れる！　かけなおしてくれ」

特にけがとかはしてないようですぐさま立ち上がった。ただ、体をオーラのように包んでいた青い光が薄くなった気がする。

「攻防スロットのAとBを連結。あとは魔法スロットのEとFを……」

＞＞連結すると解除できません。よろしいですか？

＞YES／NO
警告のようなメッセージが出る。キャラクターメイキングのやりなおしとかはできないわけだ。

「いいよ、ＹＥＳで」

よくわかんないけどな。現実感ゼロのまま、とりあえず進めてみる。

＞＞攻防スロットＡ・Ｂにスキルをセットしてください。

＞＞スピード、パワー、エレメントの数値を決定してください。

＞＞配分可能ポイントは１００です。

スロット合計は10だから１００ポイント、なのかな。

……攻撃で大事なのはなんだろう。威力か？　スピードか？　これは意見が分かれるところだけど。

ゲームをやっていたときの経験からすると、個人的にはスピードが大事だと思う。当てにくい高火力より、当てやすい中火力だ。

「ガイド希望。エレメントって何？」

〉〉地水火風の四属性であり、地と風、水と火は対立属性です。エレメントの値が高いと対立属性に対して大きな威力を発揮します。

〉〉また同属性の攻撃を吸収することができます。

〉〉無属性の場合は、いずれの属性に対しても有利不利はありません。

なるほど。なくてもいいし、あればあったで有利なこともある、ということか。

ただし同属性を吸収できる、ということは、吸収されることもあるということだ。デメリットは無視できない気がする。

「こんちくしょうがぁ！」

声が聞こえてそっちに視線を向ける。

蜘蛛の脚は何本もあるので、リチャード氏は不利な戦いを強いられているようだ。杭打ち機のように振り下ろされる脚を避けて距離を取っているのが見えた。

十メートルほど向こうにはモンスターとしか言いようがないのがいて、戦いが起こっていて、僕の目の前には変なメッセージシートが浮かんでいて、自分の才能とやらを数字で見ている。

現実感がないけど、夢にしても相当にすっ飛んでるな。どこかで覚めてくれれば話が早いんだけど。残念ながら夢から覚める気配はない。

「エレメント0、スピード70、パワー30で」

≫決定しますか？　YES／NO

「YES」

≫スロットA・Bに攻防のスキルがセットされました。

≫ほかのスロットにセットを行いますか？

「次は魔法かな？」

≫魔法スロット（E・F）にスキルをセットしてください。

≫スピード、パワー、エレメント、レンジのパラメータを決定してください。

≫配分可能ポイントは110です。

≫基礎消費は5です。消費を増やすことにより配分可能ポイントを増加させられます。

レンジは射程だろう。ほかはさっきと同じだ。

攻防は消費はないけど、魔法は消費があって、かわりに消費を増やすとより強化できるわけだ。

「きゃあっ」

「レインちゃん！」

声があがったので見ると、女の子に白い蜘蛛の糸が巻き付いていた。

アーロン氏が糸を切るけど粘ついた糸が絡みついてうまくいかないようだ。蜘蛛だけに糸を吐くわけか。

「攻防のほうはスピード重視だったし、こっちはパワー重視かな。パワー１００、スピード30、レンジ30、エレメントはなくていいや」

≫消費は10です。決定しますか？

「ところで僕の……ＭＰでいいのかな、その数っていくつ？」

＞＞52です。決定しますか？

五発撃てれば十分なのかどうなのか。

まあいいや、夢の中だし何でもありだ。

「ＹＥＳ」

＞＞魔法スロット（Ｅ・Ｆ）に魔法がセットされました。

＞＞ほかのスロットにセットを行いますか？

動きの鈍ったレイン嬢を庇うように動いていたリチャード氏に、薙ぎ払うように振られた蜘蛛の前脚が命中した。

槍を突くように繰り出された一発目と二発目で青い光が消し飛ぶ。武器で戦ったことなんてないけど、鞭は受けに回ると脆いかもしれない、防御には向いてなさそうだな。

振り回すような三発目がリチャード氏に当たった。赤い血がパッとしぶく。

「くそ、やべぇぞ、これ」

リチャード氏が胸を押さえながら後退する。血が流れているのが見えた。

≫ほかのスロットにセットを行いますか？

「後でセットするのはありなの？」

≫可能です。スロットシートをオープンしてください。

「じゃあ後にするわ」

≫スロットのセットを終了します。

≫攻防スロットのスロット武器が未設定です。決定してください。

「スロット武器ってなに？」

≫攻防スロットにセットした数値に基づき使用する武器です。

≫個人レベルで使用可能であれば任意に選択可能です。

説明が具体的なのはたいへんありがたいんだけど……なんかもう本当にゲームだね。

武器って言っても平成の東京に生きている人間からすると、警官の拳銃とか護身用の警棒とか、日本刀とか、そんなものしか思いつかない。ＦＰＳみたくアサルトライフルとかもありなんだろうか。

「ぐあっ」

アーロン氏が吹き飛ばされて僕の目の前に転がった。脇腹を刺されたらしく革のジャケットが裂け、血が噴き出している。こっちも青い光は消えてしまっていた。

「大丈夫？　……のわけないですよね」

「なんだおまえ……なにしてる。戦えないなら突っ立ってないで逃げろ」

見るとリチャード氏は防戦一方だ。蜘蛛の脚はいくつか断ち切られているけど、動きには影響はないっぽい。

「スロット武器ってどう決めるの？」

〉〉最初の具現化の際は武器を明確にイメージしたうえで、発現（マテリアライズ）、と唱えてください。最初に決

定された武器は変更できませんので注意してください。

武器。そのときなぜか。僕の頭に浮かんだのは銃だった。

銃がいい。でも近代的で効率的な銃じゃなくて、三銃士に出てくるようなレトロで効率悪い奴(やつ)だ。なんでそのとき頭に浮かんだのかはわからない。仕事で効率ばかり求められているからかな。

長い銃身、単発でさっき作った魔法をぶっ放せるような奴だ。銃口には銃剣がついているのがいい。

頭の中で昔見た三銃士とかの映画を思い出してイメージを描く。

「発現(マテリアライズ)?」

唱えた瞬間、空中に光がフラッシュのように瞬(またた)いた。

ちかちか明滅した白や赤の光が蛍のような丸い明かりとなり空中でくるくると舞いながら集まっていく。呆然と見ていると、光が次第に細長い姿を形成し、パッと光った。まぶしさに目を背ける。

もう一度目を向けると、本当にそこには長いライフル銃のようなものが浮いていた。

*

本当に出てきたよ。あっけにとられて浮いている銃を観察する。

僕の身長なみに長い銃身だ。いわゆる日本の火縄銃のように質素なつくりではなく、全体に竜のような彫刻が施されている。

銃剣もよく見るような、まっすぐのものではなく、竜の牙か炎のように波打っていた。

……こんな派手なのイメージしたかな？

空中に浮いていた銃がふっと落ちたので慌てて受け止める。ずっしりとした重さが手に食い込んだ。

現実にしては突飛すぎるけど。この手に感じる重さは夢にしてはリアルすぎる。

蜘蛛が甲高い声をあげて脚を踏み鳴らした。耳を突き刺すような声と体に感じる振動はとても夢とは思えない。

見ると、前衛のリチャード氏をフォローしていたアーロン氏が倒れたので蜘蛛がこちらに向かって距離を詰めてきた。

リチャード氏一人では食い止められない。レイン嬢も蜘蛛の糸に絡まれて後退できないようだ。


〉〉スロット設定を完了します。

メッセージがそう告げると、紙が畳まれて僕のポケットに戻ってきた。

これが夢なら格好つけてもいい場面だろう。

これが現実なら逃げても追いつかれそうだ。それにここで一人で逃げるのはあまりに後味が悪い、そんな気がした。一人なら逃げる。でも誰かを見捨てて逃げるのはなんかいやだ。

「下がって！」

銃剣を見よう見まねで槍のように構えて、リチャード氏とレイン嬢の前に出る。

でも、格好をつけて、一瞬で後悔した。

目の前には巨大な蜘蛛の体。象のような巨体。蜘蛛は普通サイズでもグロテスクなのに、巨大サイズだと不気味さも百倍だ。

そそり立つ巨体は、分厚い壁の前に立ったような、上から押さえつけられるような圧迫感がある。

見上げると、蜘蛛の上半身の女が僕を見下ろしてきて、視線が合ったのがわかった。新しい獲物、とか思ってるんだろうか。冷たい目線に足がすくむ。

固まっていると、おもむろに脚が振り上げられた。脚には包丁のようなサイズの鋭い棘がびっしりと生えているのが見える。

当たったら……どう見ても無事では済まないだろうな、なんて場違いに冷静な感想が頭に浮かんだ。

やっぱやめとけばよかったか……と後悔しているうちに、振り上げられた脚が地面に杭を打ちこむかのように僕に向けて振り下ろされた。

待って、まだ気持ちの準備が……そんなことより避けなきゃ。

だけど。その脚は……遅かった。それも恐ろしく。銃弾がスローモーションに見えるマトリックスみたいだ。

これは死ぬ寸前だとすべてがゆっくりに見えるとか、そういうのなんだろうか。それとも夢の中だからこんなふうに見えるのか。

脚が半分まで振り下ろされたあたりで冷静になった。このスピードなら避けられる。

鋭く尖(とが)った脚の先端を後ろに飛んで避けた。ワンテンポ遅れて、棘が今まで僕がいたところのタイルに深々と突き刺さる。

破片が飛び散った。その飛び散る破片までゆっくり見える。

当たれば死ぬね、当たれば。でもこれだけ遅ければ僕のような素人でもかわせる。

蜘蛛が奇声を発して、今度は脚が左右から振られた。でも、これも遅い。文字どおりハエが止まりそうに見える。まるで時間の流れがズレているかのようだ。

これだけ遅いと怖くもなんともない。こっちに当たる前に三回は切れそうだ。

右から来た脚の根元を銃剣で切り付ける。豆腐でも切ったかのように、その脚が吹き飛んだ。黒い体液までがゆっくりと飛ぶ。丸い滴までがよく見えた。

背中からゆっくりのんびりと二本目の脚が迫ってきた。こちらは銃床で払いのける。何かが折れるような感触が銃身を握る手に伝わってきた。蜘蛛がよろめいて後退する。

チャンス。

「これでも！　くらっとけ！」

ジャンプして銃剣を横に薙ぎ払う。狙いどおり、切っ先が首を切り裂いた。こんなことしたことないのに、当たるとは、我ながら驚きだ。

すさまじい、文字どおり人の物とは思えない絶叫があがり、喉から真っ黒な血が噴き出した。

一瞬動きが止まり、巨体がぐらりと揺れて壁にぶつかって倒れ込む。断末魔のように痙攣する脚が壁に突き刺さって破片をまき散らした。

噴水のように黒い血が噴き上がり、周りの壁を汚す。酸か何かなのか、壁からも白い煙があがった。刺激臭を感じて慌てて飛びのく。

白い煙の向こうでもがいている蜘蛛のシルエットが見える。

銃を握る手が震えた。

これは……このモンスターを僕が倒したってことでいいのか。ゲームとかならファンファーレが聞こえる場面だけど、どうなんだ、これ。

いや、でも倒したと思ったら、いきなりまた動き出す、というのはホラー映画とか怪獣映画の定番だ。油断はできない。

警戒を解かずに見ていると白い煙の中に黒い渦のようなものが空中に現れた。何が起こるのかと見ていたら、死骸が分解されるかのようにそれに吸い込まれていく。

黒い渦が蜘蛛の死骸を跡形もなく吸い込み、煙が晴れて、後には白く光る水晶のようなものが残された。これは世に言うドロップアイテムって奴だろうか。

とりあえず危険は去ったっぽいので構えを解いた。ふう。

「おいおい、アンタよお」

気が抜けた僕の肩をリチャード氏が叩いてきた。

「めちゃくちゃ強えじゃねえか。最初から手助けしてくれてもいいだろ？」

「助かったよ。感謝する。だが、確かに最初からやってほしかったな」

アーロン氏も剣を杖にして立ち上がった。傷を負ってはいるけど、二人ともどうやら致命傷とかではなかったらしい。

「俺はアーロンだ。あんた、名前を教えてくれ？　これだけ強いんだ。名前くらいは聞いたことあると思うんだが」

「あー……風戸澄人です」

外国人の名前なのに言葉は普通に通じるのは不思議だな、と思ったけど、新宿の地下でモンスターを倒すよりは不思議じゃないな、と思い直した。

「カザマスミト？　聞いたことあるか、旦那？」

「いや、ない。だが、まだ世界は広いな。これだけの探索者がまだいる、ということだろう。単独でアラクネを圧倒できるんだからな。ソロでこんなとこにいるのもおかしくはない」

二人の話に知らない単語がいくつか混ざっている。アラクネ、はあのモンスターのことっぽい。

「とりあえずここから離れませんか？　次が来るとやっかいなことになります」

レイン嬢が声をかけてくる。服にはまだ糸が絡みついているけど、動くのに支障はないようだ。

「そうだな。まずは地上に出よう。どう行けばいいかな」

地上に出たいのか。それについては僕も賛成だ。あまりにも今の状況は僕の理解を超えている。

とりあえず地上に出て状況を見たい。

「ああ、じゃあ僕が案内しますよ」

「それは助かるが……道がわかるのか？」

「そりゃもう。こっちが近かったはずですよ」

迷路のような新宿駅だけど、毎日来ていれば迷ったりはしない。

ここから少し歩けば伊勢丹前あたりに出る出口があったはずだ。

レイン嬢の出した光の玉はその場からは動かせないようだけど、リチャード氏の持っていた棒の先の明かりで道は大体照らされているから、まあ何とかなった。

明かりに照らされた見慣れた広告や案内看板を見ながら、暗い地下道を進む。

明かりに不自由はあったけど、記憶に間違いはなかった。

ほどなく地上への階段に辿り着いた。電気が消えて真っ暗な地下道に光が差し込んできているのが見える。

「ここから出ましょう」

僕が先に立って階段を上る。エスカレーターは止まっていた。

「おまえ、何で知ってるんだ？　ここはまだ地図がないどころか、ほとんど来た奴はいないはずなんだが」

「毎日来てますよ。なにを言ってるんですか」

地図がないとか何を言ってるんだかわからない。携帯の電波さえ通じれば現在位置なんて一目瞭然だろうに。階段を上がって外に出る。

そこにあったのはいつもどおりの新宿のビル群だった。目の前には伊勢丹やビックロがあり太陽に照らされている。外の風が心地いい。

停電で大混乱、というのをイメージしていたが、特に混乱は見られない。

変わらない風景に少し安心した。

*

いつもと変わらない東京。

でも、あれ、ちょっと待て。確かさっきまで終電のことを考えていたはずだ。慌ててスマホの時計を見ても夜一時前をさしている。

なのに、なんで太陽が出てるんだろう？　おかしい。


しかし、周りを改めて見てみると、それ以上におかしなことがあった。最初は気づかなかったけど、すぐに気づいた。

人が誰もいない。目の前の車も動いていない。

音もしない。車のエンジン音も、音楽も、人の話し声も、歩行者用の信号の電子音も。

赤くなりかけた空と日の傾き方から推測するに夕方五時くらいだ。そもそも深夜であっても人がいないなんてことがない新宿で、太陽が昇っている時間に誰も人がいないなんてことはあり得ない。

路上の車、デパートのショーウインドウ、信号機、街路樹、車道の車、何もかもがそのままで、まるで人間だけを削除したかのようだった。

見た目はいつもの新宿なのに、動く者もおらず、音もしない。

あまりにも奇妙な光景。巨大な伊勢丹やビル群が急に寒々しく見えた。まるで深い谷底に置き去りにされたようだ。

「これは……どういうこと？」

一人で呆然としている僕の横で、アーロン氏たちは安堵のため息をついている。

「助かった。地上に出ればとりあえず一安心だ」

「しかし旦那、地下にいすぎたから全然今の場所がわかんねぇぜ。どうやって帰るんだ？」

「一時はどうなるかと思いましたけど、無事でよかったです」

そっちは安心しているようだけど、僕はもう現状がさっぱりわからない。やっぱりこれは夢なのか？

「えーと、アーロンさん？」

「なんだ？」

僕が呼びかけるとアーロン氏がこっちを向いてくれた。

「ちょっと僕をひっぱたいてくれません？」

「何言ってんだ？」

「いや、これ夢かな、と思って」

こういうときは一発叩いてもらうのが定番だろう。

「よくわからんな。叩けというなら叩くが……」

「いいです。死なない程度にお願いします」

「本当にいいのか？」

「ええ」

怪訝(けげん)そうな顔をしつつアーロンさんが手をあげる。

「本当にいいんだな？」

「いいです」

「行くぞ？」

「いつでもどうぞ」

夢なら覚めてほしい。現実なら明確に現実と確定してほしい。とりあえず歯を食いしばる。

一瞬の後に頬に強烈な衝撃が走り、目の前に星が飛び散った。

「げほぉ!!」

吹き飛ばされて地面に転がった。叩かれたところと、倒れてアスファルトに叩きつけられたところ、どちらもとても痛い。

火をつけられたように痛む頬を押さえつつ、どうやら夢じゃなさそうだ、と認めざるを得なかった。

「おい、大丈夫かよ？　旦那、もう少し手加減しろって」

リチャード氏が手を貸してくれて、立ち上がった。

「どうしたんだ、おい。おかしな奴だな。叩かれたいなんて聞いたことないぜ？」

「いや、すんません。ちょっと考えさせてください」

何を言っているのかわからない、という顔でリチャード氏が僕を見る。

まだ頬と地面に擦った肘や膝が痛む。僕が持っているこの変な銃剣も、さっき会ったモンスターも、誰もいない新宿も夢じゃないってことか。

でも、疑問は次に移る。これが現実だとして、今なにが起きてるんだろう？

頭を抱えている僕を無視して、三人が何か話している。

「なんとかディグレアまで帰らないとな」

「だがずっと地下を走ってきたからな、どこにいるんだかわかんねぇぜ？」

「あの線路まで行ければ帰れると思うんですけど……」

「なあ、スミト？　おまえはこの辺に詳しいようだが。

この辺で……そうだな、鉱山の荷運び車の線路みたいなのが敷いてある橋の上を知らないか？」

アーロンさんが聞いてきた。

橋の上の線路……何のことかと考えてなんとなくわかった。たぶん山手線の高架だ。

「わかりますけど？」

「それは助かる。そこまで案内してくれないか？　おまえもディグレアから来たんだろう？　一度帰らないか？」

「ディグレア？」

「おまえもガルフブルグの探索者だろう？　ソロは危ないし一度戻るのも悪くないと思うぜ」

ガルフブルグ？

「ガルフブルグってなんですか？」

「だから、おまえもガルフブルグの探索者だろ？」

「僕はここの住人ですよ、正確には新宿じゃなくて立川ですけど。ガルフブルグって何です？」

アーロン氏と僕は頭に？マークを付けたままお互い見つめあう。

しばらく見つめあったあと、アーロンさんが沈黙を破った。

「……もしかして、いや、まさか……おまえ……この塔の廃墟の元の住人か？」

「元の住人てなんですか？　というかいったいどういうことなんです。あなたたちは誰？　ガルフ

「ブルグって何です？」

僕の質問にアーロンさんが口元を押さえて何か考え込む。しばらく沈黙が続き、アーロンさんが口を開いた。

「なるほど。そういうことか。信じられないことだが……まあ話せば長くなる。俺たちといっしょにディグレアまで行こう。悪いようにはしない。それは保証する」

保証する、と言われても、初対面の人から言われても何の保証にもならない。

「聞け。このあたりには人はいない。さっきみたいな魔獣が出てくることはあるがな。さっきのを見る限りおまえは強いとは思うが、一人では生き延びられんぞ」

アーロンさんが言う。

確かにあたりには人の気配はない。さっきから僕らの話し声と風の音と鳥の鳴き声くらいしかしない。

またあんなのが出てきたら、次は勝てるかっていわれるとわからない。というか、あんなのがまた現れるって？

「おまえは俺たちを助けてくれた。この恩は必ず返す。いっしょに来るんだ」

「どこへ行くんですか？」

「ディグレアだ。俺たち探索者の拠点になっている。

犬の像があるところだ。おまえが本当にこの世界に元からいたんなら、こういう字を書いた建物がある場所だな。わかるか？」

地面に剣先で書かれたのは、渋谷（しぶや）、ＳＴＡＲＢＵＣＫＳ、だった。渋谷、スターバックス、そして犬の像か。

ハチ公前、スクランブル交差点前のスターバックス。

「俺たちはそこから線路伝いにここまで歩いたんだ。とりあえず線路まで行けば帰れる。線路まで案内してくれ」

なるほど。

彼らは渋谷から新宿まで山手線の線路を歩いてきたわけだ。道路を歩くよりは道に迷いにくいだろう。

何が何だかわからないけど、ついていく以外に選択の余地はないようだ。

でも渋谷まで歩くのはできれば避けたい。前に歩いたことがあるけど、かなり遠かった記憶がある。

「じゃあ僕が送っていきますよ。というか渋谷まで歩くのなんて面倒くさいですし」

線路を歩いて渋谷までなんてめんどうなことをしなくても、周りを見ればそこらに誰も乗っていない車があるのだ。オーナーには申し訳ないがちょっと拝借しよう。

ただ、問題は車が動くんだろうか、ということだ。

手近なハイブリッド車のドアを開けてみると、最近はやりのスマートキーの車だ。試しにエンジンスタートボタンを押してみるがエンジンはかからない。

やっぱ無理か。キーがついてる車ならいけるか？　と思ったら突然頭の中にメッセージが浮かんだ。文字を直接頭の中に送り込まれたかのような感覚だ。

〉第三階層管理者（グレードスリーアドミニストレーター）の権限が行使できます。使用しますか？

〉YES／NO

なんだこりゃ？

確か、管理者（アドミニストレーター）は勝手にスロット連結されて取ったスキルだったと思うけど。

「……YESで」

答えると、体からふっと力が抜けるような眩暈（めまい）がするような感覚がした。

そして一瞬の間をおいてエンジンが始動した。液晶のインパネにスピードメーターが浮き上がり、オーディオから軽快にポップスが流れ始める。

何が何だかわからないけど、これが管理者（アドミニストレーター）とやらの効果なんだろうか。

まあでも今は動くならそれにこしたことはない。あまりにもあらゆるものが非現実的すぎて、このくらいはまあいいや、という気分になる。

ドアを開けてアーロンさんたちに呼びかけた。

「乗ってください」

「なんだ、これ？　これはおまえの魔道具か何かか？」

「乗り物ですよ。馬車みたいなもんです」

キーもなしに動かせる理由は僕にもよくわからないけど。

「いいから乗って。シートベルト締めて」

「しーとべると？　なんだ、それは？」

「その席の後ろにあるでしょ。それを引っ張ってここにつなぐんです」

運転席側で見本を見せる。この場でシートベルトを締めましょう、なんて交通ルールを守る意味があるのかはわからないけど。

助手席にはアーロン氏が乗ってくるけど、背が大きいので窮屈そうだ。後ろにはリチャード氏が乗り込んでくる。

「私も乗ってよろしいんでしょうか？」

レイン嬢が意味がわからない質問をしてくる。

「乗っちゃダメな理由なんてあります？」

「しかしあたしは……」

「いいから早く乗れ。スミトがいいと言ってくれているだろう」

「はい……では失礼します」

レイン嬢が乗り込んできた。オーディオはうるさかったのでボリュームを下げる。

カーナビのボタンを押したが反応がなかった。


》第三階層（グレードスリー）の権限範囲外です。


またもや頭の中にメッセージが浮かぶ。よくわからないけど使えないってことらしい。

まあいい。都心を車で走ったことはあまりないけど、青看板を見ながら行けば渋谷までなら何とかなるだろう。

「全員乗りましたね？　じゃあ行きます」

少し不安だったけど、アクセルを踏むとふだんどおり車が発進した。

信号もなく、周りの車は止まったままだ。じゃまな車をすり抜けるようにして運転する。

「おい、なんだこりゃ。どうやって動いてるんだ？　魔法か？」

リチャード氏がバックシートから驚いたような声をあげる。

「すごいな。今まで乗ったどんな馬車よりも滑らかだ」

「伝え聞く魔法の絨毯（じゅうたん）のようですね」

この場合車が動いている、というべきなのか。あの管理者（アドミニストレーター）とかいうスキルで動いているんなら魔法的な何かで動いている、というべきだろうか。

誰もいない新宿の街を、どこの人とも知れない人を乗せて渋谷に向かって車を走らせている。まだ頭がこんがらがったままだった。

*

「スミト、おまえ、ここの世界の住人なのか？　じゃあこのすげぇ塔とか城みたいなのはおまえの仲間が作ったのか？」

後ろからリチャード氏が聞いてくる。レイン嬢は座席に座って窓から珍しそうに外を眺めていた。

「僕はこの世界の住人ですけど、作ったのは僕じゃないですよ」

なんか今一つかみ合ってない気もするけど。どう答えれば適切なのかわからない。

そんなことよりこちらにも聞きたいことはある、というか、むしろこっちにいっぱいあるのだ。

「聞かせてください。あなたたちはいったい何もんです？　ガルフブルグってなんですか？」

「俺たちの国のことだ。ガルフブルグ。二月ほど前の話だがな、神託があって俺たちの国に新しいゲートが開いたんだ。そのゲートがつながっていたのがここだ」

「はあ……」

聞いてはみたものの。ゲームの設定を説明されているようで現実感がまったくない。

「ガルフブルグの王がオルドネス公に、そのゲートを抜けた先にある世界の探索をするように命じたんだ。で、公が俺たち探索者に触れを出した。それで俺たちが来たってわけだ」

気のない返事をした僕をスルーして、アーロンさんが答えてくれた。

ガルフブルグ、ゲート、オルドネス公、そして探索者。説明してくれるのはありがたいけど、すでに四つもわからない単語がある。まあゲートと探索者はなんとなく察しがつくけど。

それより大事なことがある。

「そのときにこっちの世界に誰か人はいませんでしたか？」

まさかとは思うけど、それまでにいた日本人を皆殺しにしたなんてことは……でも日本には自衛隊があるし、そんな無茶ができるとは思えないけど。

「いや、いなかった。といっても俺たちがこっちに来て二ヵ月ほどで、探索範囲もまだ狭いから確実とは言えんが。誰かに会ったという話は聞いたことがない。今俺たちはこの街を塔の廃墟、と呼んでる」

塔の廃墟。どことなく東京に聞こえる。

「さっきのあれは？」

「魔獣だな。おまえは見たことないのか？」

「僕らの世界にあんなのはいませんよ、ゲームの中以外は」

「そうか。平和で羨ましいよ。俺たちの世界ではよく見かける。ゲートをくぐって現れ人に害をなす。ここでも見るとは思わなかったが」

何か聞いていると、ガルフブルグとやらは魔物がいて、冒険者がいてそれと戦うって感じの剣と魔法のファンタジー世界って感じっぽい。

「スロットってわかります？」

「探索者の持つ力だな。おまえだってさっきあのへんな槍で戦っていただろう、あれを作れるのはスロット持ちだけだぞ」

「アーロンさんもスロット持ってるんですか」

「当たり前だ。リチャードもレインもだ。でないとてもじゃないがあんな魔獣とは戦えんよ」

というこ とはあのへんな紙も、スロットのスキル設定とやらもガルフブルグでは一般的なものということか。

そんなことを話しているうちに車が竹下通りの前を通過する。ふだんは人であふれているはずのここも人影はない。

「自分のスロットってわかります?」

「そりゃあな。わからないとスロットのセットもできないだろ?」

自分では見える。でも他人からは見えないようだ。もしくは見せないだけなのか。

でも人のスロットをのぞき見る能力とかはありそうな気がする。鑑定スキルとかは定番だし。

「アーロンさんはどんなスロットがあるんですか?」

「命を助けてもらって言うのもなんだが、それは言えん。スロットは自分の能力そのものだからな」

きっぱりと拒絶されて教えてくれなかった。スタンド能力者はスタンドを人にばらさない的な感じか。

神宮橋まできたので右折した。ここに限ったものじゃないけど信号は消えている。信号待ちや渋滞がないのは楽かもしれない。

特に止まることもなく、車が順調に渋谷に向かって進む。

このままいけばもうじき代々木体育館が見えてくるはずだ。明治神宮の森はいつもどおりだった。そこだけ見ていればいつも見慣れた風景だ。

「スロット6って高いんですか？」

「高い。普通は連結しないと6にはいかんぞ」

運転しながら聞いてみるけど、どうやら6はそれなりに高いらしい。6のスロットがけっこうあったことを思い出す。

とりあえず僕は能力には恵まれているようだということはわかった。

「管理者（アドミニストレーター）ってスキルは知ってます？」

「いや、聞いたこともないな」

アーロンさんがあっさりという。リチャードとレインさんが首を振るのがミラー越しに見えた。

どうもこちらは一般的ではないらしい。車を動かせたけど、どういう効果があるんだろうか。

話しているうちにハローワーク渋谷を通り過ぎた。あともう少しでハチ公前だ。

「もうすぐ目的地ですよ」

「待った、止めてくれ、スミト」

突然アーロン氏が言った。言われたとおりにブレーキを踏む。

「どうしたんです？　もう少しありますけど」

「スミト、おまえのこの乗り物は目立ちすぎる。今は見られないほうがいい。この辺なら魔獣とも遭遇しない。ここからは歩こう」

魔獣云々は置いておいても、渋谷駅前がどうなっているのかわからないけど。話を聞くにつけ自動車で横づけ、というわけにはいかないだろう、というのは想像がついた。

誰もいないのに意味はない気もするけど、路肩に車を寄せてエンジンを切る。

「さあ行こう」

そういってアーロン氏が歩き出した。ここまで来れば渋谷駅前まではたいして遠くもない。

*

歩いて辿り着いた渋谷駅前のスクランブル交差点。昨日来たばかりのその場所は、昨日とはまったく違う場所になっていた。

スクランブルを囲うビル、渋谷駅、山手線の高架、電柱などに金具が取り付けられ、スクランブル交差点を覆うように巨大な天幕が張られている。

巨大な天蓋の下は、外周を飲食店の屋台のようなものが取り囲み、その内側にはテーブルやいすが並べられていた。さながらビアガーデンのようだ。

そして、そこでは、ゲームで見たことがあるような、エルフやドワーフ、猫耳や犬のような耳やしっぽ、鳥の羽根を生やした獣人が思い思いに談笑したり、何か飲んだりしていた。

ここだけファンタジー系オンラインゲームという感じだ。

「おお、アーロン！　今度はどこへ行っていた？」

声をかけてきたのは、ゲームで出てくるような革の鎧を着たネコミミを生やした大男だ。

……断言する。ネコミミ女の子は萌えるが、ネコミミ大男に萌えはない。

実物を見るとわかる。がっちりした背の高い体格にワイルドな長髪、鋭い眼光。そして、頭から生えるかわいい猫耳。ミスマッチ感がひどい。

「北の方の未踏域だ。バジリスクを何匹かと、あと、アラクネと戦ったよ。あのあたりは危険だな」

「アラクネを倒したのか、さすがにやるもんだな。……で、そっちの変な格好しているのは何だ？　見ない顔だが」

猫耳の男が僕を物珍しそうな目で見て言う。

僕は今スーツ姿で、ファンタジー風の身なりをした集団の中ではたいへん浮いている。コスプレ会場に一人紛れ込むサラリーマンの図だ。

「ソロで来ていた探索者だ。つい先日こっちに来たばかりだそうだ」

「そうか。まあ無事で何よりだ。後で飲もうぜ」

「ああ、ありがとう」

手を上げると猫耳の男は立ち去っていった。

僕が探索者？

「今はそういうことにしておけ。この世界のことは俺たちにもわからないことばかりだ。おまえの正体を明かすことは今はあまりよくないと思う」

「確かにそうかもしれません。ありがとう」

アーロン氏はこの場所ではけっこうな顔役のようで、次々と人が声をかけてくる。確かに、改めて見るまでもなく、ベテランというか歴戦の戦士っぽい雰囲気を漂わせている。

周りを見直すと、ちょうどスクランブル交差点の真ん中あたりには石造りの門のようなものが設置されていて、その周りを中世の騎士のような鎧を着た男が三人で守っていた。

その前には机が置かれていて、学者というか書記官っぽい人がいる。通行管理でもしているんだろうか。

「あれが、ガルフブルグへのゲートだ。さっき言っただろ？」

「通行制限があるんですか？」

「ああ。あの役人に通行証を渡さないとゲートはくぐれない。まだ無作為に人を入れられる状態じゃないからな。それに腕のない探索者が大挙して押しかけても役に立たん」

ここにいるのはそれなりの実力のある探索者ってことらしい。

探索者っていうのはモンスターハンターとか、冒険者とかそんな感じだろう、たぶん。

「リチャード、俺は換金してくる。席を取って、何か注文しておいてくれ。スミト、すまないが少し待ってくれ」

そう言うと、アーロンさんは袋の中のあの蜘蛛の死骸が落としたクリスタルを見せてくれた。ほかにも光る石らしきものがある。

あれを換金する、ということなのか。

アーロンさんが袋を提げてスクランブル交差点の角に立つQFrontビルの方に歩いていく。

周りは少し暗くなり始めていたけど、ビルの壁面にはお馴染みのスターバックスとツタヤのロゴが見えた。ただ、ライトアップはされていないけど。

ランプか何かの明かりに照らされて、ガラス越しにカウンターに列を作っている人の姿がよく見えた。ただ、それぞれマントを羽織っていたり鎧を着ていたりしていて、どう見てもコーヒーを飲みに来たサラリーマンとかには見えない。

「あそこには今は探索者ギルドとオルドネス公の代官がいるんだ」

ガラスの向こうを見つめていた僕にリチャードが声を掛けてくる。

「コアクリスタルの換金や探索者の登録はあそこでやるんだ。通行許可証の発行とかもそうだな。あの塔は余りに立派すぎてな。オルドネス公の城より立派な塔を使っていいのか、って話はあったらしいぜ」

まあ確かにファンタジー世界にはあのビルみたいなガラス張りの高層ビルは無いだろうな。

コアクリスタルとやらは出てこなかった単語だけど、さっきのあの石のことだろう。詳しくは後で聞くことにしよう。

「よーし、スミト。祝勝会の時間だぜ。飲めるんだよな？　今日は旦那がおごってくれるぜ」

リチャード氏が僕の肩に手を回す。

レインさんが空いたテーブルのいすにコートをかけて席を確保した。

ウェイトレス役の耳の尖ったエルフっぽい女の子にリチャード氏が何か注文をした。

＊

「まあ飲もう」

アーロンさんが戻ってくるとすぐに店員さんらしき男性が皿と瓶とグラスを運んできた。

机の上に置かれたのは、見慣れたハムを厚く切って焼いたハムステーキと野菜のグリル。それに米のようなものにトマトソースっぽい赤いソースをかけたもの。そして赤ワインのボトルだった。

僕はあまり詳しくないけど、ラベルから見るにたぶんフランスかどこかのワインだろう。

グラスになみなみと注がれたワインをアーロンさんとリチャードが一気に飲み干した。レインさんは舐めるように少しずつ飲んでいる。僕も少しワインを口に含んだ。

「おいおい、スミト。ちょっとしけてんじゃねえのか？　グッといこうや」

「おまえさんの世界のというか、こっちの食べ物はうまいな」

このハムもワインもどこかのお店から勝手に持ち出してきたものなんだろう。

泥棒、といいたいところだけど、本当にこの世界に元の住人が誰もいないんだからそれを咎める人もいない。そもそも僕も車泥棒だし。

ハムを一口かじるけど、これは僕にとっては食べなれた味だ。

ハムよりも、野菜をグリルにしたもののほうが興味深い。見たことのないシダのようなギザギザした葉野菜や巨大な玉ねぎのようなものだ。ハーブが効いて、嗅いだことがないけど、いいにおいがする。

生鮮食品はガルフブルグとやらから持ち込んでいる、ということなのだろう。

コメらしきものにかけられた赤いソースもトマトじゃなくて、むしろ少し甘みのある、味わったことのない味だった。

コメっぽいものも、さくっとした歯ごたえで、見た目は似ているけど、米じゃない。粒々の芋みたいな感じだ。

しかし……異世界の味を渋谷で体験できるとは思わなかった。

「改めて自己紹介させてもらう。俺はアーロン・フレッチャー。探索者だ。助けてもらって感謝する」

「俺はリチャード・メルケス。よろしくな」

「レイン・ラフェイントール、アーロン様の奴隷としてお仕えしております」

自己紹介を聞いてアーロンさんが少し顔をしかめる。

「だから、奴隷だなんて思うなといってるだろうが」

「ですが……立場はわきまえませんと」

「まあいいじゃねぇか。お二人のアツアツぶりはわかったからよ」

リチャードが突っ込みを入れる。

奴隷がいる世界なのか。奴隷といえば、首輪とか手枷（てかせ）とかをつけられて……という悲惨なイメージを想像する。

そういう意味ではレインさんは奴隷って感じではないけど、立場的にはそういうことらしい。

「すまないな。話がそれた。俺たちは探索者だ。迷宮とか古代の廃墟とか、そういうのに潜って古代の遺物とか宝物を取ってきたり、魔獣を狩ったりする、そういう仕事だ」

「で、今はこの塔の廃墟を探索中、ってわけよ」

やはりゲームとかで見かける冒険者的なもの、という感じで正しいようだ。

「僕は風戸澄人。よくわからないけど、この世界の住人です。

というかこの街は東京っていうんですよ。ここは渋谷駅前です」

「ほーう。あれはシブヤって読むんだな」

渋谷駅の看板を指さすと、アーロンさんが興味深そうに聞いてくる。

「おっと忘れる前に。これは今回の討伐でのおまえの取り分だ」

机の上に紙束が置かれる。数字とよくわからない文様とハンコとサインが入っていた。

「2000エキュトの証文だ。アラクネのコアクリスタルの売値の四分の三だ」

「二つ質問していいですか？」

「なんでも聞いてくれていいぞ」

アーロンさんがワインを再びグラスになみなみとつぎ足しながら言う。

ついでに僕のグラスにも注いでくれた。

「まず、コアクリスタルって何です？」

「魔獣の核だな。あの透明な光の玉で、魔獣を倒すとあれが残される。ガルフブルグではあれは魔力の源として使われているんでな。あれを取って帰ってくるのが俺たち探索者の主な飯の種だな」

魔物を狩って、それをエネルギー源にしているってことだろうか。

地球でも油を取るために動物を狩っていたとか、肉を取るために野生動物を狩っていたとかあるわけで、それに近いものと理解することにした。

「次に、２０００エキュトってなんです？　お金なのはわかるんですけど、それはどのくらいの価値があるんですか」

一口に２０００エキュトといわれても、それが高いのか高くないのかはわからない。

「どのくらいの価値、といわれてもなぁ」

「じゃあ、２０００エキュトでこのあたりに宿を取って食事して、ってしたらどのくらい過ごせますか？」

こういうときは例えを使うほうが話が早い。

「そうだな……二十日くらいだな」

渋谷でホテル住まいして、三食をオール外食で済ませたら……一日一万五千円と考えれば二十日で三十万円くらいか。１エキュト＝百五十円ってところかな。

時給三十万円といえば恐ろしく割がいいけど、命がけで戦った報酬としては安いような気もするし。どのくらいが相場なんだろうか。

「俺たちからすればここは見知らぬ異世界ではあるが、新天地でもある。ガルフブルグの迷宮や遺跡はあらかた攻略されちまってるからな。正直言って、俺たち探索者としては今後どう生きるか、いろいろ難しかったんでな。そういう意味ではこの世界はありがたいよ」

「一人で取り残された僕としては何が何だかわからないんですけどね」

彼らから見れば東京は異世界なんだよな。

でも、よく考えれば僕にとってもそうだ。渋谷のスクランブル交差点をエルフとかドワーフとか獣人が闊歩し、自分以外この世界の人がいない東京。昨日までとは全然違う。僕にとっても十分に異世界だ。

異世界か……なんかゲームの中にいる気がして現実感がない。いろいろ忘れたい気分になって僕もグラスをあおった。

*

「これからどうする？」

適度に酒も回って皿も大体空いてきた。僕も酔いが回って頭がぼうっとしている。

レインさんはアーロンさんにもたれかかってうつらうつらと船をこぎ始めた。リチャードとアーロンさんはまだ元気だ。

「どうする、と言われても……帰るあてもないわけですし。どうしましょうかね」

正直言って戻るあてがまったくない。それどころか何が何だかわからない。今も夢だったらいいのに、と頭の隅で思っている。

この状況については、あの店の少年が唯一の手掛かりだけど、どこでどう会えるんだか見当もつかない。

戻りたいのか、と言われると何とも言えないけど、ここにいたいかと言われてもそれはそれでかなり困る。

「戻るあてがないんなら、じゃあおまえ、ここで探索者になれ」

アーロンさんがグラスを机に置いて僕を見て言った。

「なんか……飛躍してません？　何で僕が？」

「おまえは強い。おまえが戦ってくれれば、探索や魔獣の討伐がより効率よく進むだろう。そうすれば死んだりけがをする人間も減るかもしれん。それに、どうせ帰るあてもないんだろうが？」

「帰るあてがないってはっきりいいますねぇ……まあそうなんですけど」

あてがないと念押しをされるとさすがにしんどい気分になる。

「でもそんな無茶せずに、たとえばギルドの書記とかそういうのをやるとかいうのも合うと思うんですけど」

「バカなことをいうな。おまえには力がある。強いものには戦う義務があると俺は思うぞ。それが世界をいい方に向けるんだ」

そう言ってアーロンさんが一口グラスに口をつける。

「世界が平和で争いなんてものがなければそりゃいいと思うがな。だがこの世界はそうじゃない。

誰かが戦わないと戦う力がないものが泣くことになる。神からスロットという才能を与えられた以上はそうするべきだと俺は思うがな」

なんとも志の高い考えだ。いわゆるゲームとかで見るような冒険者ってのはもっと利己的なイメージだったけど。

「アーロン様、すてきです」

「当然のことだろう」

レインさんが酔ってとろんとした目でアーロンさんを見つめる。

心なしかラブ光線が出ているように見えるが、当然のことを言っただけ、という風情のアーロンさんはそれには気付いていないようだ。

立場的には奴隷らしいけど、やはりあんまりそうは見えない。どっちかというと恋する女の子と、気持ちに気づかない堅物男のカップルという感じだ。

「バカなことを言うなってのはわかるがね。いちいちかてぇよ、アーロンの旦那」

黙って聞いていたリチャードがグラスを持ったままこっちを指さした。

「スミト、おまえだって男だろうが。この世界で成り上がるんなら強さ、これがすべてよ。強くなって左手には金貨、右手にはかわいこちゃん、男なら目指すのはそれだろ。おまえくらいに強けりゃより取り見取りだぜ？　書記とかやってる場合じゃねぇよ」

こっちはカネと女の子、というある意味とても冒険者っぽい発言だ。

かなりキャラが違うっぽいけど、よくこの二人がパーティとして成立しているもんだと感心する。

「どうしましょうかねぇ」

「まあ考えておけ。ただ、一ついっておく。世界も人生も勝手に良くなったりはしない。良くするんだ、自分でな」

黙って事態が好転するのを待っていてもだめ、ということか。

少し眠い頭で考えをめぐらすけど。そういえば、あの少年にいったことを思い出した。僕は世界を少しでも良くしたいと思ってた。

自分が強いのか、力があるのか、それはわからない、というか実感はない。でも、アーロンさんの言うことを信じるなら僕はどうやらそれなりに強い、といえるくらいの力はあるらしい。

なら、前にはできなかった、世界を少し良くすること。ここでならできるかもしれない。

……それに理想論は置いておくとしても。もし戻れないんなら、この世界でしばらく生きていかないといけないわけで。そうなると食い扶持くらいは稼がないといけないか。

もうどうにでもなれだ。

「じゃあ、やってみますかね……僕も探索者ってのになってみますよ」

「よし、いいぞスミト。よく決断した。いっしょに戦って世界に名前を刻もうぜ」

「これからよろしくお願いします、スミト様」

「皆！　聞いてくれ！　新しい仲間だ！　カザマスミトだ、仲良くしてやってくれ！」

アーロンさんが立ち上がってグラスを掲げた。

周りで飲んでいた人、エルフ、ドワーフ、獣人その他もろもろの人たちが大きな歓声をあげてグラスを掲げてくれる。

「おう、兄ちゃん、いつガルフブルグから来たんだ？　まあよろしくな」

僕より背が小さいドワーフが僕の背中をバチンと叩く。痛い。

「おまえ、変な服着てるな？　どこの出身だ？」

オオカミのような大きめの耳としっぽを生やした背の高い獣人が酒のグラスを持って僕と肩を組んできた。僕の世界ではスーツは標準装備です、と言っても通じるわけがないか。

「ねえボク、ちょっと細すぎるんじゃないのぉ？　大丈夫かしら？」

お姉様っぽい雰囲気の耳が尖ったエルフかハーフエルフが僕を見つめてくる。

見た目は僕より少し上って感じだが、実際の年齢はわからない。ちょっとはだけた胸元から柔らかそうな双丘がのぞいていて、目のやり場に困る。

「探索者、カザマスミトに乾杯だ。これからもよろしく頼む」

アーロンさんがまた僕のグラスをワインで満たした。

……なるほど。思い返すと、勤務地は渋谷、肉体労働系、人のために働ける、ノルマはないけどがんばれば稼げる、か……確かにあの少年は嘘は言ってなかった。

ただ肝心なところはぼやかしていた、というだけで。

もしもう一度会う機会があれば、文句の一つでもいうことにしよう。

*

朝起きたらベッドに寝ていて、見知らぬ白い天井が見えた。カーテン越しに窓から光が差し込んでいる。

病院か、と思ったけど周りを見渡すと、ベッドサイドの電灯、壁際に設置されたテーブルと壁に掛けられた液晶テレビ、白いカーテンがかかった窓と、典型的なビジネスホテルの一間だった。鏡だけが取り外されている。

枕元の電気のスイッチを押したけど、電気はつかなかった。

昨日何があったかを考えたけど……途中から思い出せない。飲みすぎて記憶がすっ飛んだらしい。電気はついていなくて、天井からランプが吊るされている。

服は丁寧に畳まれて机の上に置かれていて、僕は下着にバスローブのようなものを着せられていた。

誰がこうしてくれたのか……それは気にしないことにした。

服の上に置かれたスマホを見ると時計は朝三時をさしているけど、部屋に差し込んでくる光の明るさは、もう日が昇っていることを示していた。

枕元にはご丁寧に水差しが置いてあったので、グラスに注いで一杯飲む。

水差しには一枚メモが挟まっていた。

「起きたら下りてこい。ホールで待つ」

ああ、昨日のあれは夢じゃなかったわけだ。窓の外を見ると、スクランブル交差点を覆う天幕が見える。うん、やはり現実だ。

そういえば不思議なことに、メモは日本語でないのに読めるし、昨日も話はできた。

これも不思議だけど、あの少年の転職時のサービスだと思うことにした。

*

エレベーターはもちろん動かないので、階段で下に下りた。

ホテルのロビーではアーロンさんたちが旅支度をしていた。装備を整えて、大きな荷物を背中に担いでいる。

「起きたか、スミト。いい飲みっぷりだったぞ」

「どこかへ行くんですか？」

昨日の件はいろいろ気まずいので、その点には触れてほしくないところだ。

アーロンさんは僕よりかなり飲んだと思うけどまったく昨日と変わった感じはない。

「すまんが俺たちは一度ガルフブルグに戻らにゃならん。仲間や家族もあっちに残しているんでな。それを言おうと思ってな」

「出稼ぎみたいですね」

「まあそんなところだ。五日後にまた戻ってくる。昨日の２０００エキュトがあればその間は余裕で暮らせると思うから、待っていてくれ」

「ガルフブルグに来たければいっしょに連れてってやるぜ？　どうだ、いっしょに行くか？」

リチャードが誘ってくれる。

剣と魔法のファンタジー異世界を見てみるのもいいけど、今はこっちでいいかな。

「それはいいです。それより僕としてはこの世界を見てみたいんですけどね」

「見てみるってのは……魔獣と戦うとか、そういうのも含めてか？」

「そのつもりです」

探索者になるとして、そうなれば魔獣とかと戦うこともあるだろう。自分がどのくらい戦えるのかを知っておきたい。

あの蜘蛛のモンスターの攻撃はスローに見えたけど、あれはアドレナリンが出まくっていたあのときだけの偶然の産物なのか、それとも僕のスロットとやらの力なのか。

自分を知らないとどう進むべきかもわからない。

「まあそう言うだろうと思ったよ。まあ近場で少しやってみるといい。ただし」

「ただし？」

「ソロはやめとけ。必ず誰かを雇っていくんだ。どこかのパーティに交ぜてもらってもいいが、自分の腕試しというなら、誰かを雇って近場でやるほうがいいだろう」

「近場でも一人は危険ですか？」

アーロンさんが首を振る。

「おまえがこっちでどういう仕事をしていたのか知らんが、一度も仲間の助けを受けたことはなかったか？　おまえがどんなに強くても、傷を負うことはある。一人でいればそれが致命的になることもある。魔獣との戦いは負ければ死、だ」

真剣な口調でアーロンさんが言う。

負ければ死ぬ。当たり前だけどかなり重たい話だ。魔獣と戦うのはゲームじゃない。

「それにおまえは強くっても経験が足りない。悪いことは言わん。先輩からの忠告だ、聞いておけ」

　いちいちごもっともで返す言葉がない。ただ疑問もある。

「雇うってどこでです？」

　派遣会社に電話を入れたらフリーの戦士が派遣されてくる、なんてことはいくら何でもないだろう。かといって、見知らぬ探索者のパーティにいきなり入れてくださいというのも抵抗がある。

「青い看板の巨大な城の一階に奴隷商がいる。そこで短期契約で雇え。アーロンの紹介だ、と言えば悪いようにはしないだろう」

　そういうシステムがあるのか。でも、短期契約で奴隷を雇うって、なんかブラック派遣会社のように聞こえるな。

「それと探索者ギルドで探索者の登録をしておけ。昨日話は通しておいた。受付に行けば対応してくれるだろう。じゃあな。五日後に会おう」

「あんまり無茶するなよ、スミト」

「ご武運を。用心してくださいね」

　そう言い残すと三人はホテルを出ていった。なんか一人はちょっと心細いんだけど。

　ともあれ、まずは登録とやらをしてみるか。

*

「アーロンさんから話は聞いています。カザマスミト様ですね？」

Qfrontビルの1階、スタバのフロア。昨日はたくさんの人が居たけど、今日はガランとしていた。エスプレッソマシンとかは撤去されているけど、奥の壁に貼られたメニューとかロゴとかはそのままで、元の面影が残っている。

弧を描くようなカウンターの向こうにいる人間の女の子がにっこりと笑いかけてくれた。多分、人間だ。少なくとも獣耳とかは生えてない。

「ちょっと特殊な事情でギルドに登録されておられない、と伺っています。探索者ギルドの説明もするように、と。それでよろしいですか？」

「はい、お願いします」

昨日の話を聞くに、ガルフブルグからこちらに来られる人はそれなりに腕の立つ探索者だけのはずだ。なので、探索者ギルドのことを知らない人間は本来あり得ない。

それに、僕の格好は昨日のままの黒のストライプのスーツ上下に白のワイシャツで服装とかも、ほかから見れば相当におかしい。

根掘り葉掘り聞かれても不思議ではないのにそれでも問題ないのは、アーロンさんの貫禄なんだろう。

ただ、口には出さないけど視線は興味津々という感じで、なんとなく痛い。

「探索者ギルドは、魔獣を狩ったり、遺跡探索により遺物を見つけるなどをする探索者の活動を支援するための組織です。パーティ編制の仲介、コアクリスタルの買い取りや探索の結果の宝物の買い取り、希望があれば売り先の商人の斡旋（あっせん）などを行っています。登録にあたって、お名前、種族、性別、年齢、スロット武器を教えてください」

「えーと。カザマスミト、人間、男性、二十五歳、武器は銃剣です」

「銃剣？　ですか？」

銃剣ではわからないらしい。文明レベル的に銃がないんだろう、と気づいた。

「槍です、そんなもんです」

「ちょっと見せてもらえますか？」

見せる……確かこうだっけ。

昨日と同じように叫ぼうと思って一瞬躊躇（ちゅうちょ）した。これで出てこなかったらあまりにも寒すぎる。でもここで固まってるわけにもいかない。

大きく息を吸い込んで手を上に伸ばす。

「発現（マテリアライズ）！」

ちょっとドキドキだったけど。昨日と同じように光が空中に集まり、長い銃が空中に現れた。ふっと落ちてきた銃を摑む。

「こんなのです」

「へぇ。おもしろいですね。不思議な細工が入ってますし、レバーみたいなのがついてますし……刃の取り付けも普通の槍とは違いますね」

そう言いながら受付のお姉さんが銃身に触れたり引き金を引いたりして銃を観察している。

「これは……ガルフブルグでは見かけませんが……あなたの故国の武器なんですか？」

「そんなところです」

「なるほど。では槍の一種として登録させていただきます」

確かスロット武器は変更できない、という話だったから本人認証に使えるわけか。

お姉さんが帳面にボールペンで何かを書きつけていく。ボールペンか……。

僕の視線に気づいたのかこちらを見てペンを得意げにかざした。

「これはこちらの世界で発見された筆です。インク壺にいちいち先を浸す必要がないので重宝してるんですよ。こちらから持ち込まれたものがガルフブルグでも少しずつ使われていますが、見たことはないですか？」

「いやー、ないですね」

心の中で、こっちでは毎日見てたけどな、とつぶやく。

ガルフブルグの文明レベルが、ファンタジーで定番の中世ヨーロッパくらいなら、紙は貴重品だろうし、何か書くのも羽根ペンとかのはずだ。

現代レベルの文房具はそれとは比較にならないくらい便利だろう。

お姉さんが書類を書き、ハンコを押すのを黙って見守る。


「はい。これで登録は完了しました。ガルフブルグに戻られても、ここ塔の廃墟でも、あなたの名前を言っていただければギルドの恩恵を受けられます」

そういって、お姉さんが一枚の金属の板を渡してくれた。

表面には、昨日もらった割り符に描かれていたような文様と数字が刻印されている。

「これは探索者ギルドのメンバーであることの証(あかし)です。なくさないようにしてくださいね。コアクリスタルの買い取りはギルド員でなくてはいけません。買い取りのときはこれを提示してください」

「はい、わかりました」

とりあえずスーツの内ポケットにしまい込む。どうやらこれは免許証というか身分証明書のようなものらしい。

「ギルドではメンバーの実績に応じて、同じような実績のパーティへの紹介も行っています。お仲間が必要ならお申し付けください。なにかご質問はありますか？」

いろいろ知りたいことはあるけど、まず知りたいのはこの管理者（アドミニストレーター）なるスキルのことだ。

「管理者（アドミニストレーター）ってスキルは知ってますか？」

「……聞いたことはあります。かなり珍しいスキルですね」

少し首をかしげて考え込んだギルド員さんが教えてくれる。アーロンさんは知らなかったけど、この人は知っているらしい。

ということは超レアスキルとか、僕だけの固有スキルとか、そういうのではないようだ。

「どういうものなんです？」

「記録が少ないので正確なところはわかりませんが、遺物を使うためのスキル、といわれています」

遺物を使うスキル……というのもずいぶんと漠然としている。そもそも遺物ってなんだろう。

「珍しいスキルなんですか？」

「かなり。今までのギルドメンバーでも取得したものは十人にも満たないと聞いています」

「なんでですか？」

「理由は確か二つあったと記憶しています。一つは修得のためにはかなり高いスロットが必要なことです」

確かに僕も問答無用でスロット三つを連結させて、勝手に取らされたスキルだ。総数17。スロット6が高いというなら、17は相当だろう。

「もう一つは使いどころが難しいことです。遺物を使うためのスキルですから、そもそも遺物がないと効果を発揮できません。スロットの枠を取ることを考えると、ほかのスキルをセットするほうが実戦的なのです」

ということは、僕は使い道のないスキルを押し付けられた、ということだろうか。

車は動かせたし、それはそれでここでは大きなアドバンテージだけど、それだけでは……なんとなく落ち込んでしまう。

「ということで、取ってはみたものの全然使い道がなかった気の毒な探索者もいたようです」

と事務的な口調で説明して、ひっそり沈んでいる僕に気づいたらしい。

「ただし、使えないスキル、というわけではありませんよ。かなり以前の探索者で、遺物のゴーレムを使役して英雄になったものもいます。その人は十体近いゴーレムを同時に操ったそうですよ。打ち捨てられた古代の城郭を支配して領主に上り詰めた人もいます。管理者(アドミニストレーター)は子供には引き継がれなかったらしく、領主としてはその方一代で終わってしまったそうですが」

フォローするようにいろいろと付け加えてくれた。

古代の城まで支配下に置けたのか……というところで、一つ思いついた。

「ありがとう。今後ともよろしく！」

慌ててスタバを出て、ホテルまで駆け戻った。

＊

フロントに断りを入れてホテルの部屋に戻った。戻ったのはいいけど、そもそもどうすればスキルを使えるのか。こんな感じかな？

「管理者（アドミニストレーター）、起動（オン）！」

唱えると前のときのように頭の中に文字が現れた。成功だ。

自動車もそうだし、このビル自体が管理者（アドミニストレーター）のスキル的に遺物扱いなのだ。

とすればおそらくほかのビルや施設でも使える。これは……この世界ではかなり役に立つスキルかもしれない。この世界自体が丸ごと遺物のようなもんだ。

〉第三階層　権限範囲
〉・電源復旧（範囲限定）
〉・同階層地図表示

〉・防災設備復旧（範囲限定）

三つできることがあるらしい。まずは……

「同階層地図（フロアマップ）、表示（インディケイション）」

唱えると、僕の目の前にホテルのその階のワイヤーフレームのような地図が浮かび上がった。

平面図かと思ったけど、ちょっとイメージすると3Dマップのようにくるくると回転する。これはけっこうおもしろい。

今はあまり意味がないけど、どこかを捜索するときは便利だろう。

さて次は……

「電源復旧（パワーレストレイション）」

唱えると、ふっと体から力が抜ける感覚があった。車を動かしたときにも感じた感覚だ。今ならこの感覚が何だかわかる。これはいわゆるMPを消費したってやつだ。

一瞬の間があって、部屋の中が明るくなった。

天井やスタンドの電気がついている。電気の光。わずか二日前には当たり前のように見ていたのにとてつもなく懐かしい。

廊下を見てみると廊下の電気は点（つ）いていなかった。あくまでこの部屋だけ、ということなんだろう。だから範囲限定、というわけだ。

テレビの電源ボタンを押してみたけど、テレビは砂嵐の画面が映っただけだった。かわりに
第三階層（グレードスリー）　管理者（アドミニストレーター）の権限外です、という表示が出る。カーナビのときもそうだった。

第三階層（グレードスリー）ということは第二とか第一もあるんだろうか。いわゆるレベルアップしたら、できることが増えるのかもしれない。

防災設備復旧は、たぶんスプリンクラーとか防火シャッターを使えるということではないかと思うけど、これを試すのはやめておいた。

スプリンクラーで部屋を水浸しにするのはさすがにまずい。

ともあれ、管理者（アドミニストレーター）というスキルはなんとなくわかった。これはかなり使い出がある。

勝手に取らされたのはあの少年のサービスだとしたら、今度会ったら文句ではなく、むしろお礼をしなければいけないかもな。

さて、次は実戦での戦闘力テストだ。

アーロンさんに言われたとおり、まずは人を雇おう。

*

アーロンさんは、人を雇うなら青い看板の出ている城に行け、といった。

この近くで青い看板が出ている城といえば西武だろう、たぶん。井ノ頭通りをマルイに向かうように歩いていく。

スクランブル交差点の近く一帯は探索者の街のようになっているようで、通りを異世界の住人すって感じの人たちが行きかっている。

通り沿いのブティックとかはドアが取り外され、ちょっとした食事を出す店や防具や雑貨らしきものを売っている店とかに入れ替わっていた。

西武渋谷店A館の一階をガラス越しにのぞくと、そこはおそらくこの世界にきて探索者が取ってきたものを集める場になっているようだった。

酒とか食料品、衣服とかが置かれ、何人かの人がそれを整理している。

ということは奴隷商とやらはB館の方か。

*

西武渋谷店B館にはまもなく辿り着いた。ガラスの自動ドアは取り外され、かわりに木の引き戸になっている。

あまり来ることはなかったけど、西武渋谷店B館の一階は銀行だったと思う。

実際にそれらしいカウンターと、おそらくそのまま置かれているっぽいソファとかが面影を残している。

カウンター内の机とかは撤去されていた。

カウンターの中には二十人ほどの種族も性別も異なる人たちがいる。それぞれカードゲームらしきものに興じていたり、何か話したりしている。

奴隷商というと、鉄の檻に首輪と手枷をつけた人間を押し込めるって感じの、なんというか悲惨なイメージがあったけど、これはなんというか、単なる待合室のようだ。

カウンターの前には机が置いてあって、三十歳くらいの黒髪をオールバックにした男が何か書き物をしていた。横にはきれいな黒髪の女の人が立っている。秘書か何かって感じだ。

女の人が僕を見て男に耳打ちして、男が立ち上がって礼儀正しく頭を下げた。

「いらっしゃいませ。お客様。今日はどのようなご用件でしょうか？」

折り目正しいはっきりした口調だ。細身の体で鍛えた感じはあまりしない。なんとなくデキるビジネスマンっぽい。

「……アーロンさんって方の紹介で来たんですけど」

名前を出すと、男のちょっと硬い表情が崩れて笑みが浮かんだ。なんかこちらも安心する。

「アーロン様のご紹介ですか。それはようこそ。わたくしは奴隷商のアルドと申します。以後お見知りおきください」

「僕はカザマスミトといいます。よろしく。アーロンさんを知ってるんですか？」

「もちろん。探索者としても知っておりますが。もうお会いになったかもしれませんが、レインをうちでお買い上げいただきましたので」

なるほど。そういう縁なのか。

「僕はまだパーティを組んでないので、ここで誰か仲間を雇えと言われたんですが」

「なるほど。パーティを組んでおられないということは、まだ探索者になられて日が浅い、ということでしょうか？　それとも仲間を亡くされた、とか？」

「日が浅い、のほうです」

「そうですか。経験が浅いのでしたら、頼れる前衛をお勧めします。ティト！　こちらへ」

アルドさんが声をかけると、カウンターの向こうで見上げるような大男が立ち上がった。文字どおり見上げるような。身長は三メートルを超えていそうだ。これは巨人族って奴でしょうか？　サイズだけ見ると魔獣のようだ。

岩を切り出したかのような精悍な顔立ちで頭からは短めの角が生えている。上半身は裸で、分厚い革のベルトのようなものを肩にかけている。小山のような筋肉の威圧感が半端ない。

この人はスロット武器なんてなくてもちょっとした魔獣ならひねりつぶせそうだな。

「巨人族（ティターン）のティトです。私の持っている奴隷の前衛では最も優秀ですね」

「小さい兄ちゃん、俺を雇いな。俺は役に立つぜぇ」

体に見合った唸るような大声だ。うん、すごく役に立つだろうね。見ればわかる。

ただ、今回は僕が前衛をやって腕試しをするのが目的だ。強力無比な前衛仲間が敵を一掃して、僕は見ているだけでした、では意味がない。

「前衛より後衛のほうがいいんです。前衛は僕がやりますんで」

「前衛のほうが危険ですが大丈夫ですか？　経験が浅い方はリスク回避のために前衛を雇う人が多いですよ」

アルドさんが冷静に指摘してくれる。確かにそれは一理ある、というかセオリーだと思う。

それでも、今回は回復とか支援系の魔法を使えるようなタイプのほうがありがたい。

「後衛でいいです。あと、すみません、安いほうがいいです。お恥ずかしいですがあんまりお金ないんで」

「いえいえ、経験が浅い方でしたら仕方ないことですよ。

安いのでしたら……セリエ！　来なさい」

ティトと入れ替わりで来たのは、白のエプロン風の飾りに黒のロングスカートの、どことなくメイドを思わせる衣装を着た女の子だった。

顎くらいで切りそろえた栗色の短めの巻き毛に、同じような栗色の瞳。そして犬か何かのような耳を生やしてる。獣人だ。ゲームの中でしか見たことないけど、リアルで見るとかわいい。

身長は百六十センチ後半くらいだろうか。ほんわかと柔らかい印象だけど、勝ち気そうな目に宿る光は強い。

全体的にタイトな感じのメイド衣装だから上半身のラインがはっきり出ている。細いウェストと大きすぎない形良い胸が見えた。

個人的には大きすぎないところはむしろポイントが高いと思う。バランスは大事。

「この者は回復魔法、攻撃魔法、支援魔法と、一通り後衛としての魔法を修得しています。ただし物理的な戦闘能力は低いのでお客様が守らなくてはいけませんが」

話だけ聞くとかなり優秀な後衛に思えるけど。しかし安いというのには理由があるはずだ。

「でも、なんで安いんです？　弱いんですか？」

と思わず本人の前で口に出したのは失礼だった。

セリエと呼ばれた犬耳女の子の顔が引きつる。

「そうではありません。そもそも後衛は前衛が守ることが前提となります。そのため、危険な前衛より後衛はお安くなるのです。それと彼女は少し特殊でして」

失言をスルーして淡々と説明してくれながらアルドがセリエの後ろを指さす。そこには小さな、たぶん十二～十三歳くらいの女の子が隠れるように寄り添っていた。

輝くような金の髪を後ろでポニーテールのように一つ結びにしている。透き通るような白い肌に、頬は紅を差したようにほんのり赤く、かわいらしい顔立ちだ。

地味めのワンピースを着ているけれど、ドレスでも着せればどこかのお嬢様で通るだろう。

「彼女たちは希望により二人ペアです。しかし、このもう一人のユーカにはスロットはありますが戦闘能力がありません。つまり完全に一人を守って戦うことになります。ただし供託金は二人分頂きます。その分貸出料はお安くしております」

なるほど。お荷物を抱えて戦うからという理屈か。

けがをさせたら保証金を取られる、という点では足手纏（あしでまと）いがいるのはマイナスだ。

「料金は？」

「一日２００エキュトとなっております。供託金は二人で１０００エキュトを頂きます」

三日で６００エキュト。どうなんだろう。高いのかどうなのか、判別がつかない。

「ほかの後衛タイプだとどうなりますか？」

「最低でも３００エキュトからですね。そのかわり供託金は６００エキュトです」

今の手持ちが２０００エキュト。宿は十日後に後払いにしてくれたが６００エキュトらしい。食事のことも考えると余裕はあまりない。しかし異世界で探索者になってもやりくりに苦しむとは、なんと世知辛い。

「念のために聞きますけど、供託金は返金されるんですよね？」

「無事にお帰りになられましたらお返しします」

「じゃあ三日間お借りします。あわせて１６００エキュトでいいですか？」

「それで結構です。ではお支払いを」

懐に入れていた紙束を出す。

これはアーロンさんによると一枚１００エキュトの価値があり探索者ギルドに行けば金貨とかに換えてくれるらしい。原始的な紙幣みたいなもののようだ。二十枚のうち十六枚を渡す。

「では契約成立です。貸出期間は三日間で、明後日(あさって)の日が沈むまでとします。供託金は奴隷に重大なけがなどがない場合はお返しします」

「はい」

「奴隷が大きな傷を負った場合は、治癒魔法をかけるための対価を供託金からお支払いいただきます。不足の場合は追加の支払いを頂きますのでご注意ください。この場合は二人なので一人に対して損害が生じても同様です」

「え？」

「万が一死亡した場合は、お客様の買い取り扱いとさせていただきます。その場合の代金は供託金から充当され、不足分をお支払いいただきますのでよろしくお願いいたします」

アルドさんが言うけど、思いもかけない話が出てきた。

追加負担の話は聞いてなかった。でも言われてみれば当たり前か。買い取り値がいくらかはわからないけど、今の時点で払えるとは思えない。何かあれば支払えない僕が奴隷行きになりそうだ。

「ところで……まだ探索者になって日が浅い、とのことでしたが……奴隷を借りるのは初めてですか？」

「ええ」

「では申し上げますと、用途は戦闘補助に限定はされておりません。お客様の自由にされてください」

「……戦闘補助以外に何かあるんですか？」

「ええ。あります……男性をお求めの方もおられますが、そちらのほうがよろしいですか？」

感情を交えない事務的な口調だけど、何ともはぐらかしたような内容で、アルドさんが言う。

ちょっと考えたけど、なんとなく察した。三日間、というならそういう用途もあるわけだ。仲間を一時的に確保するという想像をしていたんだけど。奴隷だからちょっと意味合いが違うのか。

「いちおう申し上げますと、料金は変わりません」

改めてセリエを見る。

白いリボンで締めた華奢（きゃしゃ）な腰つきと柔らかい曲線の胸は個人的には好みだ。ロングスカートで足が見えないのは残念。

一瞬心が揺れたけど……ここは見栄を張っておこう。

「いえ。そういうつもりはないんで」

「そうですか……わかりました。では。セリエ、ユーカ、こちらへ」

二人がカウンターの中から出てくる。

淡々と、という感じでアルドが何かを口の中でつぶやくと、セリエとユーカの首に黒いチョーカーのようなラインが浮かび上がった。

「契約は完了しました。これで二人はスミト様の命令を聞きます。ではご無事で明後日の夜にお会いできますよう」

簡単なもんだ。これも魔法とかスロット能力の一種なんだろうか。

二人が一度カウンターの奥に下がっていく。

しかし、ここまでのやりとりを見ている限り、奴隷商というより傭兵斡旋とか探索者派遣業に近い気がする。

「ところで、いくつか聞いていていいですか？　今の話とは関係ないんですけど」

「なんなりと」

「これだけたくさん奴隷がいて、縛ったり閉じ込めたりとかしてなくて、大丈夫なんですか？」

失礼ながらアルドさんもどう見ても強そうには見えない。

それにどれだけ強くとも、二十人からの奴隷にいっせいに襲われたら勝ち目はないだろう。スロット能力は肉体的な強さとはあまり関係ないにしても。

正直言って鎖で縛られてる奴隷とか、想像するだけで気がめいるので、そういうのを見ずに済んだのはありがたいけど、その点は疑問だ。

「我々奴隷商は、制約（コンストレイント）というスキルをセットしています。これは相手に言うことを三つまで聞かせる能力です。今はこの建物から出ないこと、スロットを使用しないこと、他人に危害を加えないこと、としています。貸し出しを行うときは、他人に危害を加えないこと、貸出先の命令に背かないこと、それに反しない範囲で自分の身を守ることです」

なるほど。そういうスロット能力なわけか。僕の管理者（アドミニストレーター）みたいなものか。納得した。

「もう一つ。あの女の子、連れていかずにここにいたほうがいいんじゃないですか？」

「ユーカですね。私もそのほうが安全だとは思うのですが。セリエはちょっと特殊な事情で奴隷になっておりまして、彼女の希望がつねにユーカといること、なのです。離れている間に私が売ってしまうことを警戒しているのかもしれません」

アルドさんが苦笑いしながら肩をすくめる。

「そうですか。変な質問に答えてくれてありがとう」

「いえ。お気になさらず」

そんなやりとりをしているうちに、セリエとユーカが支度を整えて出てきていた。

セリエはさっきと変わらない白黒のロングスカートのメイド衣装っぽいもの。それに革袋のような鞄を携えている。

ユーカはワンピースから少し長めのセーターにキュロットスカートのような動きやすそうな衣装に変わっている。弓道の選手が着けるような革の胸当てを着けていた。

ユーカはセリエの後ろに隠れるように立っている。警戒されてるな。

「じゃあ行こうか？」

二人は素直についてきた。西武の外に出る。

さて、腕試しはどこがいいのか。

アーロンさんから聞いたところによると、渋谷駅近郊は探索者によって制圧されているため魔獣は現れず、渋谷駅から離れるとだんだん危険が増す、ということだったけど。

新宿はけっこう危険という話だったし、とりあえず目立たないところで車を動かして、原宿か恵比寿あたりに行ってみることにしよう。

＊

西武を出て、坂を上るようにしてパルコの方に歩く。さて、どこかに使えそうな車はないものか。

「少し歩くよ。いいかな？」

「構いません。ところでよろしいでしょうか？」

「何？」

「万が一のことがありましたら、私のことは見捨ててくださって構いません。ですがお嬢様のことだけは助けてくださいますようお願いします」

冷たい目で僕を見ながらセリエが言う。

「失礼ながら……貴方様（あなたさま）はあまり強そうには見えませんので」

強そうに見えないとか、手厳しいお言葉が飛んできた。愛想のかけらもない発言だ。

でも、そういえばさっき強そうに見えないとか失礼なことも言ったし、意趣返しか。

まあ見た目は現代日本のサラリーマンだし、駆け出しって自分でいったわけだし、強そうに見えないのは仕方ないと思う。

そんなことを言っているうちにスペイン坂の路地で国産の高級ミニバンを見つけた。

普通なら迷惑駐車っぽい止め方だけど、今は目立たないところに止めてくれてありがとう、という感じだ。これなら広いし乗り心地もいいだろう。

車に手を触れる。

「管理者(アドミニストレーター)、起動(オン)！」

＜・動力復旧

表示はこれだけだった。

車に対する管理者(アドミニストレーター)の権限はエンジンを動かすことだけらしい。

「動力復旧(イグニッション)」

唱えると車が少し揺れ、エンジンがかかった。

レバーを引いてスライドドアを開け、僕は運転席側に回る。高級ミニバンだけあって内装は豪華でシートの座り心地もいい。

「じゃあ乗って」

「これは貴方様の物なのですか？　なぜ動かせるんです？」

二人がおっかなびっくりという感じで二列目シートに乗り込んでくる。

「まあその話は後で。じゃあ行くよ」

ドアロックを確認して、アクセルを踏むと滑るように車が走り出した。とりあえず松濤(しょうとう)を抜けて山手通りに出る。

恵比寿に行くことにしたけど、あまり渋谷駅に近いところを走って車を目撃されるのもまずい。

首都高環状線に出て中目黒あたりを経由するのがいいだろうか。

「すごいね、セリエ！　これ、馬が引かなくても走ってるよ。不思議だね！」

後ろの席ではユーカがはしゃいでいる。

乗り物好き、というのは子供の本能かもしれない。ずっと沈んだ顔で警戒をされてても気がめいるので、喜んでくれるのはなんか嬉しい。

奴隷と主人という関係で、三日間だけの期間とはいえ、どうせなら楽しく過ごせるほうがいいに決まってる。

「ところで、君たちの能力というかスキルを教えてほしい。僕のスキルは今のところは武器での戦闘と、この管理者（アドミニストレーター）っていうスキルだけど」

「……この乗り物を動かしているのが、その管理者（アドミニストレーター）というスキルなのですか？」

「まあそんなところだね」

「聞いたこともないスキルですが……」

セリエがいぶかしげな口調で言う。

「ギルドでもかなり珍しいスキルだって言われたよ。それより……」

「はい、私のスロットの主なものは魔法スロット、回復スロット、特殊スロットです。単体への攻撃魔法、単体への回復魔法と解毒、あとは防御(プロテクション)や魔法強化やいくつかの支援系の魔法です。申し訳ありませんが武器を使った戦闘ではお力にはなれません」

防御(プロテクション)ってのは、レインさんが新宿で使っていたあれだろうか。

回復ができて、防御強化ができて攻撃魔法が使えるなら十分だ。他者の魔法強化は僕が魔法を使えなければ無意味だな。

そういえば魔法スロットにもなにかセットしたはずだけど、使ってないことに気づいた。

「そっちのユーカちゃんは？　スロット持ってるんでしょ？」

「持っております！

でも、お嬢様の分も私が戦います！　それで構わないはずでしょう！」

突然セリエの口調がとげとげしくなった。

「聞いてみただけで、戦ってほしいとか思ったわけじゃないよ。ごめん」

首都高の高架をくぐると少し道幅が広くなった。止まっている車をよけながら走るのでスピードが出しにくい。

「貴方様は魔法は使えないのですか？」

「スロットはあって、セットもしているけど使い方がわからないんだ。教えてもらえるとありがたい」

実はホテルであの紙を使って、空きスロットにもう一つスピードと射程重視の魔法をセットしてみたものの、まったく使えなかった。

スロット設定とかあまりにゲーム的だったけど、使うほうはどうもスロットにセットすればボタン一つで使えます的なラクチンなものではないらしい。

後部座席から身を乗り出したセリエがあきれた、という顔で僕を見る。

「貴方様は本当に探索者なのでしょうね？」

「さっきも言ったけど、駆け出しなんだよ。いろいろと教えてくれるとありがたいね」

「魔法は、どのような魔法かを自分でイメージできなければ使うことはできません。スロットにセットするのは前提条件で、それを使いこなすのは本人です」

そんなことも知らないのか？　という感じの口調でセリエが言う。

なるほど。どういうものかを自分でイメージしていないといけない、か。

「呪文は唱えないといけないものなの？」

「必ずしもそういうわけではありませんが……ただ、口に出すことでイメージを固めやすくなりますので。人それぞれですが呪文の詠唱を行うものがほとんどです」

口に出すことには意味があるというのは一理ある。呪文を唱えるのもルーチンの一つなんだろう。

　ということは、僕も魔法を使うときは、自分でイメージした中二病っぽい呪文を唱えるのか……想像してちょっと鳥肌が立ったけど。うん、恥ずかしさはどこかに捨てよう。開き直りは大事だ。

　僕が質問をやめると、セリエは何も話しかけてくれない。沈黙は気まずいから勘弁してほしい。

　ユーカのはしゃぐ声があるのが幸いだった。

＊

「さて、到着」

　車がＪＲ恵比寿駅前のロータリーに滑り込む。

　ふだんは賑（にぎ）やかなはずの恵比寿駅前も今は誰もおらず静かなものだった。タクシーが一台、ぽつんと止まっている。

「じゃあまずはちょっとテストをしたいんで。武器を出してもらえる？」

　僕も銃剣を出してセリエに声をかける。

「わかりましたが……何をされるのですか？　発現（マテリアライズ）」

　セリエが出した武器は身長くらいの長さのあるブラシだった。

　確かスロットの武器は変更できない、最初のイメージによる、という話だったけど。何を思ってブラシにしたのか聞いてみたい。

「なにか言いたいことでも？」

「いえ、なんでも」

でも聞ける雰囲気ではなかった。メイドだからお掃除用具なんだろう、と思うことにする。

「まずはそれで僕を攻撃してほしい。思い切り」

「……何を言っておられるんですか？」

あの蜘蛛の攻撃が遅く見えたのは、あのときだけ起きた偶然なのか、それともあれは僕のスロットにセットしたスキルとかの効果なのか。今いちばん確認したいのはそれだ。

「いいから。手を抜かれるとテストにならないから、全力でよろしく」

「貴方様がやれというならやりますが……」

なんか昨日も似たようなことを言ったな。

まあ武器を取っての戦いは苦手、というくらいだし、万が一避けられなくても死ぬことはないだろう、たぶん。

セリエがブラシを槍のように構えた。僕も銃剣を構える。

「行きますよ！」

「いつでもどうぞ」

「やあっ‼」

セリエが気合の声をあげて踏み込み、ブラシを振り回してくる。

どうなるか不安だったけど、昨日と同じだった。ブラシは、あのときの蜘蛛の脚と同じように、ゆっくりと迫ってくる。

自分以外がスローモーションで動いているような感覚。あのときだけの偶然とかではなかったのは本当に一安心だ。

ゆっくりと迫ってきたブラシの先端を、姿勢を少し下げてかわす。セリエが驚いたような表情を浮かべるのがわかった。

振りぬいたブラシをもう一度振り回してきたけど、それも余裕をもって避け、ブラシを銃床ではじいた。

そんなに力を入れたつもりではなかったのだけど、セリエがバランスを崩して倒れる。

「あっ、ごめん。大丈夫?」

「……大丈夫です」

手を差し出したけど、一人で立たれた。そんなつんけんしなくてもいいだろうに。無視されると悲しいぞ。

セリエが立ち上がり何かいろいろと言いたげにこちらを見ている。

「あのさ、ちょっと聞いていいかな？」

「どうぞ」

「前に魔獣と戦ったときも、今もすごく攻撃がゆっくり見えたんだけど、何でかわかる？」

あのときだけの特殊現象じゃなかったのはいいけど、理由がわからないのはちょっと気持ちがよくない。

セリエが考え込む。

「……スロット武器の威力や速さは、攻防スロットにセットしたスピードやパワーに依存します。貴方様の攻防スロットのスピードがいくつかは存じませんが、そこをかなり高くされたのではないでしょうか」

なるほど、そういうことか。

アラクネとの戦いを見ながらセットしたからいくつにしたかは覚えてないけど、スピード重視でいこう、とか思ったのは覚えてる。結果としてみれば正解だった。

まあいいや。これならいけそうだ。次は魔獣と戦ってみよう。

＊

「魔獣ってのはどうやって現れるものなの？」

周りの街並みを見ても、変なモンスターが街を破壊しました、という雰囲気はない。

人がいないことを除けば見慣れた恵比寿駅前だ。モンスターがうろついているのなら、もっと荒れていても不思議ではないのだけど。

「……貴方様は本当に探索者なんですか？」

セリエがあきれた口調で言う。同じことを二度言われてるな。

「いろいろと事情があるんだよ。教えてくれる？」

セリエがやれやれって感じで首を振って、ため息をついて話し始める。

「魔獣は異界の生物であり、ゲートを開けて現れます。ゲートのこちら側で活動できる時間は種類によって異なるようですが、正確な記録はありません。こちらの世界の魔力を奪いに来ている、と考えられています。ドラゴンやヴァンパイアのような高位の魔獣は永続的、というレベルで我々の世界にとどまっていますし、知性のない獣のような下位の魔獣は、退治されなければ数日でいなくなります」

なるほど。こっちの世界にいるわけではなくてほかの空間というか世界から現れては消え、というような感じってことかな。

「ゲートがいつ、どこで開くかははっきりとはわかっていませんが、ある程度傾向はあります。ゲートが開きやすい場所には封印がなされます」

渋谷駅前は封印がされているからゲートが開かない、つまり安全、ということか。

まあよそから歩いてきたり飛んできたりする魔獣もいるから絶対安全ではないんだろうけど。

「ゲートが開くときは……」

セリエの説明が続いているときに、ロータリーから伸びる路地の方でバチッと電気がはじけるような音がした。

そっちに目をやると、ビルの屋上の向こう側に黒い稲妻のようなものが見える。

「あのようになりまして、ゲートの向こうから魔獣が現れます」

「落ち着いて言ってるけど、つまり魔獣が来るってこと？」

「そのとおりです。私は魔法で援護します。前衛は貴方様がやってくださるということでよろしいのですよね？」

「大丈夫。まかせて」

さっきの感じならいけるだろう、いきなりドラゴンとか出てきたら無理だけど。

稲妻のようなものが消え、ズシンズシンという足音が響いてきた。デカい魔獣であることはわかった。さて何が出てくるか。息を詰めて待ち構える。

おもむろに通りの角から現れたのはビルの二階くらいの高さの三体の巨人だった。

路地の出口でアーケードの出口のようなものに引っかかるけど、それをバキバキとへし折ってロータリーに入ってくる。ロータリー入り口のタクシーが踏みつぶされ、巨体にぶつかった街灯がへし折れる。手にはごつごつした木の棍棒(こんぼう)を握りしめていた。

　そいつがこっちを見た。完全にこっちを視認して、地響きのような足音を立ててこっちに向かってくる。

「あれはオーガです。魔法は使いませんがパワーはあります。防御(プロテクション)をかけます」

「よろしく！」

　パワーがある、というのは見たまんまだな。銃剣を構えて前に進み出る。

「【かの者の身に纏(まと)う鎧は金剛の如(ごと)く、仇(あだ)なす刃を退けるものなり。斯(か)く成せ】」

　呪文が終わると青白い光が僕の体にまといついた。

　新宿でレインさんが使っていたのと似ているけど、呪文は違う。別物なのかどうかは後で聞こう。

　一体目が足音を立ててこちらに向かってきて棍棒を振り下ろしてくる。ゆっくりと。

　余裕で横に飛んで避けて僕の頭くらいの高さの膝を銃床でぶん殴った。堅い手応えがして、オーガが呻(うめ)き声をあげて膝をつく。

　体勢が崩れたところを銃剣で首筋を突き刺した。さっくりと切っ先が突き刺さり、どす黒い血が噴き出す。巨体が横倒しになって、地響きを立てた。

二体目が棍棒を横なぎに振り回してきたけど、これまた遅い。懐に飛び込むと銃剣で無防備な手首に突きを入れる。オーガが悲鳴のような声をあげて棍棒を取り落とした。

銃をくるりと回して射撃姿勢を取る。

「【貫け、魔弾の射手（デア・フライシュッツ）！】」

恥ずかしいなどと思ってはいけない。銃弾を撃つイメージを頭に描いてトリガーを引く。

イメージどおり銃口から黒い弾丸が飛び出して、オーガの額をうちぬいた。

額から血を噴き出しながらオーガが後ろによろめいて、ガラス張りのビルに突っ込んだ。ガラスと鉄が砕ける音がする。

初めての魔法に感動する間もない。次は三体目。

「【黒の世界より来るものは、白き光で無に帰るものなり、斯く成せ】」

セリエの声が聞こえると同時に、白い帯のようなものが伸び三体目のオーガの腕に絡みついた。帯が白く輝き、一瞬の間をおいて帯が巻き付いた部分が掻（か）き消えた。オーガの腕がぼとりと落ちる。これがセリエの攻撃魔法か。

一歩踏み込んで銃剣を胸の心臓っぽいあたりに突き刺す。オーガの巨体が揺れ、そのまま地面に倒れ込んだ。

見守っていると、あの蜘蛛のときのように黒い渦が現れオーガの死体が吸い込まれていく。

後には握りこぶしより少し小さいサイズのコアクリスタルが残された。あの蜘蛛に比べると小さい。やっぱり大きいほうがいいんだろうな。

とりあえず戦利品だ。頂いておこう。

オーガってのがどのくらい強いかはわからないけど、ほぼ瞬殺だった。ちょっと自信がつくな。

「おみごとでした」

「すごいね！　お兄ちゃん、強いんだね」

セリエが、意外に強いんですね、見直しました、という顔で迎えてくれる。あからさますぎるので、もう少し隠してほしい。

一方で、ユーカはシンプルに感心した表情だ。やっぱり、シンプルに称賛されるほうが嬉しいよ、ツンケンされるよりは。

「オーガって強いの？」

「スロット持ちが相手にする分には弱くはない、という程度です」

「アラクネってのと比べると？」

「比較になりません。それなりに経験がある探索者であれば単独でもオーガにおくれを取ることはないでしょうが、アラクネは動きが速いうえに、糸や毒を使います。単独で挑むにはかなり危険な相手です」

ダメージを受けていたアラクネ、あまり強くないらしいオーガは一人で圧倒できた。

まだ自分の強さがどの程度かわからないけど、とりあえず即魔獣の餌にはならない程度ではあることに安心した。


その後も魔獣狩りをくりかえしていたら、いつのまにやら日も傾いてきていた。ホテルに入ればＯＫという状況じゃないし、野営の準備をしないといけないかもしれない。

しかし、都心のど真ん中で野営の準備を考えるとは思わなかった。

「ここで野営しますか？　それとも一度ディグレアに戻りますか？」

セリエも当然その辺は考えていたようだ。さすがに経験が長そうなだけはある。

「戻るのもめんどうだし野営でいいよ。寝るのは車の中でいいし。交代で見張りに立つってことでどう？」

ちょっと考えたけど。

あのミニバンは座席を倒せばフルフラットにできたはずだ。寝るのに支障はないだろう。いちいちまた人目を気にしながら戻るのも面倒くさい。

「あの車は後ろがベッドみたいになるから寝る分には心配ないよ」

「……それで結構です」

セリエがちょっと硬い表情でうなずいた。

＊

日が落ちるとあっという間にあたりは真っ暗になってしまった。街灯もなければ、コンビニの明かりも車のライトもなにもなくて月明かりだけなんだから当然なんだけど、想像以上の暗さだ。

恵比寿駅前の見慣れたロータリーも、明かりがないというだけでふだんとは全然違う場所に見える。

ロータリーで焚き火をして夕食を作った。

セリエが手際よく火打ち石で火を起こして、用意してくれていたパンを軽く焼いてくれる。あの鞄の中に食料とかちょっとした日用品を入れてくれていたらしい。準備が良いというか、この辺はなんとも経験豊富な探索者って感じだな。

パンと同じようにあぶったハムとチーズとピクルスのようなものを挟んだ、簡易サンドイッチにした。

パンは食べなれたコンビニとかのパンに比べると硬くてボソボソしていて味気なかった。でも、ちょっとしたキャンプ気分だからその分おいしく感じる。

しかし都心のど真ん中でキャンプ気分を味わえるなんて、ちょっと前には想像もできなかったな。

食事が終わって焚き火の向こうでセリエとユーカが寄り添って座っている。

炎に照らされただけだからわかりにくいけど、ユーカの表情がなんか暗い気がした。セリエにしがみついている。

セリエがユーカを抱きしめると、立ち上がってこっちの方に歩いてきた。そのまま僕の前に立つ。

「どうかした？」

見上げて聞いた僕の言葉に答えないで、セリエが腰の後ろのエプロンのリボンを解いた。白いエプロンが地面にすとんと落ちる。

「ちょっと、何してるのさ」

僕が立ち上がったところで、セリエが腰の組み紐を解く。タイトに絞められていたメイドドレスのワンピースのウェストがふわりと膨らんだ。

「……いつものことですから」

そういって首の後ろに手をやると、メイドドレスの襟がはだけて白い肩があらわになった。

「あの……」

「お嬢様はまだ子供です……私のほうがお楽しみいただけると思います」

そういってセリエが顔を伏せた。これが戦闘補助以外の用途か。

……予想どおりというかなんというか。黒いメイドドレスのはだけた襟から華奢な鎖骨と白い肌とささやかな胸の谷間がのぞく。

「え？　……いいの？　マジで？」

「はい……貴方様のお好きなようにされてください」

セリエがうつむいたまま言う。

これも料金のうちってことらしいし。しかも、こっちから言うのは気が引けたけど、セリエのほうから言ってくれるなら、これはまさに据え膳だ。

顔は文句なしにかわいいし、細身の体は正直いって好みだ。思わず唾を飲み込むけど。

「ただ、あの……慈悲の心がありましたら」

そういって顔を上げたセリエの目を見た瞬間、一瞬で頭が冷えた。

セリエの目に浮かんでいたのは、嫌悪でも、怒りでもなかった。何の感情も感じさせない目が僕を見ていた。

その表情は見覚えがあった。

いつものことだから、と理不尽や辛いことに対して諦めて受け入れる、そんな顔。今までに何度も見たことがある、たぶん僕もそういう顔をしたことがある。

ユーカが炎の向こうで体育座りして顔を伏せて、耳をふさぐように手で頭を抱えていた。

この状況で、据え膳だからと、セリエを抱くのはあまりにも気が引けた。

手を伸ばしてセリエの肩に触れる。うつむいていたセリエの体がおびえたように強張った。

「あの…………お願いします……せめて……お嬢様の前では」

「いいよ……」

はだけた感じの襟を合わせてあげる。不思議そうな顔でセリエが僕を見た。

「そういうつもりはないって言ったでしょ」

「あの……でも」

警戒したような、困惑した顔で僕を見て、ユーカの方を見た。なんとなくだけど、ユーカに手を出されることを恐れてるんだろう。初対面のときにじろじろ見てしまったし、ヨコシマオーラは察せられていたとしても仕方ない。

「なに、それとも、そういうのしてほしいわけ？」

「いいえ、結構です！」

険しい口調でセリエが言って、ハッとした顔でまたうつむいた。

「違うんでしょ？　ならいいじゃない」

「……あ……失礼しました」

そういって戸惑った顔でセリエが首の後ろのボタンらしきものを留め直して襟を整える。僕に一礼して焚き火の向こうに戻ってユーカの側に腰を下ろした。なんとも気まずい沈黙が流れる。

「ところで、夜は見張りとかしたほうがいいの？」

恵比寿駅前ではあるけど、いまやここは魔獣が出るわけで、のんびり寝ているのはまずいかもしれない。

「はい。私が見張りますからご安心ください」

「徹夜で？」

「はい。大丈夫です。貴方様はお休みになってください」

そう言ってるけど……魔獣と同じくらい僕を警戒してるんだろうなと思った。でも、これを口でどうと言っても仕方ない。

「じゃあそうするよ。お休み」

「はい、お休みなさいませ」

理不尽に警戒されてるのはなんかちょっと腹も立つんだけど。

でも、あのセリエの目とユーカの強張った表情。日が沈み始めたらユーカの表情が暗くなってきたような気がしていたけど、理由がわかった。

今までの夜にどういう仕打ちを受けてきたのか、なんとなくわかってしまったから……責める気にはなれなかった。

　毛布にくるまって、フラットシートにした座席に横になった。

＊

　目が覚めると、白っぽいグラデーションのようになった空が見えた。もう夜明けらしい。こんな明け方の空を見るのは久しぶりだ。

　いつのまに寝たのか全然覚えてない。なんだかんだでけっこう疲れていたらしい。

　スマホの時計を見ると、時刻は五時少し前だった。

　車の外をのぞくと、セリエはワインレッドのショッピングモールの看板が貼られた柱に寄りかかってうとうととしていた。

　ユーカがそのセリエの横で毛布をかぶって眠っている。

　二人を硬いコンクリの地面に寝させてしまったのはなんとなく気まずいけど。でも車で寝ようといってもまあ拒まれただろうから仕方ないか。

　焚き火はほぼ消えてうっすらと煙が立ち上っていた。

　特に魔獣が現れるような不穏な気配もなく、静かなものだ。ひんやりした静かな朝の空気が肌に触れる。

フルフラットのシートはそれなりに快適だけど、やっぱりベッドで寝るのとはわけが違う。起きてみると体が強張っているのがわかった。背伸びしたり屈伸したりして、ちょっと体をほぐす。ストレッチをしていたら柱に寄りかかって寝ていたセリエが顔を上げた。

僕の顔を見てすぐに立ち上がる。

「あ……すみません、おはようございます。今朝食の支度をいたします」

「いいよ。少し寝てなよ」

徹夜明けって感じでセリエの顔には疲れが見える。

「まだ朝早いんだしさ」

「いえ……そういうわけには」

なんかよくある譲り合いみたいな会話が続いて、昨日に引き続き微妙な沈黙が降りた。ユーカの寝息だけが聞こえる。

「あ……それではお茶でもいかがでしょうか？」

「いいね。じゃあもらうよ」

そういうとセリエが一礼して、焚き火の燃えカスの側にひざまずいて火打ち石をぶつけ合わせる。静かな中で、硬いものがぶつかり合う澄んだ音がなんか心地いい。すぐに火が上がった。

ライターを使えばすぐだと思うんだけど。まだボールペンのように使い道がバレてないのか、それとも数の問題でセリエが使ってないだけなのか。どっちなんだろう。

そんなことを考えているうちにセリエが鞄の中から組み立て式の三脚のようなものと小さな鍋とポットを出して水袋から鍋に水を注ぐ。三脚の上に鍋を乗せて火にかけるとしばらくして、ことことと水が煮立つ音がしてきた。

なんとも準備が良いな、と思うけど。この世界じゃ野営が珍しくないならこういう道具はあって当たり前かもな。

この時間ならそろそろ始発も動き出す時間だろうけど。恵比寿の駅前には当たり前だけど誰もいない。お湯が沸く音だけがする。

お湯を小さな金属製のポットに注ぐと、濃い緑色の小さな球のようなものを入れた。茶葉の塊かな。

蒸らし始めると、すぐふんわりと独特の香りが漂う。ハーブティほど癖はないけど、紅茶よりは香りが強い。これがガルフブルグのお茶なんだろう。

セリエが香りを嗅いで、ちょっと高く掲げたポットから木のカップにお茶を注いでくれる。手際がいい、というかなんか優雅な仕草だ。

「どうぞ」

「ありがとう」

カップを受け取って一口飲む。熱すぎず温すぎない、ちょうどいい温度のお茶だ。寝起きの体が中から温まる感じがするな。

ゆっくりと一杯目を飲み終えるころには、太陽が昇って空が青くなってきた。ユーカが起きて、お茶の器を持っている僕をみて笑った。

「おはよう」

「おはようございます、お嬢様」

「おはよう、セリエ……お兄ちゃん」

まだ僕を見る表情がちょっと硬い。まあ仕方ないんだろうな。お茶を一口飲む。独特の甘い香りがして、コーヒーのような苦みを感じるお茶が喉を抜けていった。

＊

朝食を食べて、恵比寿駅の周りを歩き回ることにした。

とりあえず昨日オーガが現れた路地を辿ってみる。入り口の倒れたアーケードとオーガが倒れ込んで壊れたビルの瓦礫を乗り越える。

ビストロや居酒屋が並んでいて、パチンコ屋の看板やコンビニの看板が見える、細い路地だ。人がいなくて静まり返っている以外はどこにでもある東京の路地、という感じだけど、オーガに蹴り飛ばされたと思しき車がひっくり返っているあたりはちょっと普通じゃないか。

まっすぐに伸びた路地は見通しがいいけど、特に何かがいる気配はない。

狭い路地だから、ここだと万が一前から魔獣が来ても逃げられない。戦闘を目的にして探索するならもう少し広い所のほうがいいのかな。

そのまままっすぐ歩くと、十字路に出た。

左右を見回すけど、道路に何台か車が止まっているだけで、動くものの気配はない。それに、ここまでゲートが開いたりもしなかった。案外何も起きないもんだな。

右に折れて少し歩くと、もっと広い交差点に出た。明かりが消えた信号には恵比寿南という看板が付いていて、十字路の真ん中にミニバンがぽつんと止まっている。

「意外に何も出ないもんだけどさ……こういうものなの？」

恵比寿の周りはあまり詳しくないから駅から離れすぎないようにしたいところなんだけど。

しばらくは緊張感を持っていたけど、あまりにも何も起こらなすぎてなんか恵比寿路地裏散歩みたいになってきた。

「昨日も申し上げましたが、魔獣が出やすい場所に対して出にくい場所もあります。ここはそういう場所なのかもしれません」

僕の初心者丸だしな質問にセリエが教えてくれる。さすがにもうあきれた、という顔はしなくなった。

「ところで、ここはディグレアからは遠いのでしょうか？」

セリエが聞いてくる。

ディグレアってなんだっけ、と思ったけど、そういえばアーロンさんが言っていたな。ガルフブルグで犬とかいう意味だっけ。渋谷のガルフブルグ読みがディグレアだったかな、確か。

山手線で一駅、数分。車でもちょっと遠回りしたけど直線で測ればたいした距離じゃない。

でも、車で移動してきたからセリエにはわかるはずもないか。しかも東京なんて来たことはないだろうし。

「たぶんたいして離れてないよ。歩いても十分くらいかな？」

「でしたら、ディグレアの封印がここまで効果を及ぼしている可能性もありますね」

渋谷と恵比寿は距離的にはたいしたものじゃないから封印とやらの効果範囲内でもおかしくはない。

封印とやらがどういうものなのかよくわからんけど、あまりにも効果範囲が狭いのじゃ不便で仕方ないだろう。

それに、魔獣が出にくい場所というのがあっても不思議じゃない。というか、そこら中から魔獣があふれ出すようじゃ危なくて生活もできないだろうし。

恵比寿はけっこう道が入り組んでいて迷いそうになる。試してみたけど、スマホの位置検索は使えなかったからちょっと不便だ。

ユーカはお上りさんのようにビルを見上げてぽかんと口をあけている。

ガルフブルグがどんな世界か知らないけど、アーロンさんたちの鎧姿とかを見るに、文明レベルはなんとなく中世っぽい。看板が付いたビル、飾り付きのガラス、信号機、コンクリートの道路、たぶん何もかも初めてだろう。

ところどころ、魔獣が荒らしたんだろうな、という感じで車が壊れてたり、電信柱が折れてたりする。

その一方で探索者が来たんだろうな、という感じの場所もある。入り口が開け放たれたコンビニをのぞいてみると、菓子の棚と飲料の棚が欠品中の棚のようにきれいになくなっていた。

文房具とかはいくつか残っている。ホチキスとかの使い方はわからないらしい。

レトルト食品や化粧品の棚も荒らされた後はあったけど、そのままにされていた。たぶん使い方がわからなかったんだろうな。

どこからかひょっこりと僕のような東京の人間が出てきたりはしないか、と思ったけど、そういう気配はなかった。

しばらく歩いてそろそろ太陽が高くなってきたころ。

「何かが近づいてきます」

のどかな散歩気分だったけど、セリエが緊張した口調で警告を発した。

言われて僕も耳を澄ましてみる。

確かに、言われてみるとどこかから足音らしいものが聞こえた。ゲートが開いて出てくる魔獣じゃなくて、すでにここにいる魔獣が動き回っている、ということかな。

「あちらです」

セリエが指さす先の道の向こうには、山手線の高架とその高架をくぐるトンネルが見えた。

何もいないけど、足音は聞こえる。というか足音が大きくなってくる。何かが近づいてきているのは間違いないか。

そして、線路と平行になっていたらしき道の角から大きな足が踏み出された。ただ、昨日のオーガとは違う、硬質的な石像のような足だ。

角から姿を現したのは、オーガと同じくらいの高さの、デッサン人形を思わせるのっぺらぼうの石の彫像のようなものだった。

「ゴーレム？」

「いえ……動く石像（リビングスタチュ）ですね」

セリエが落ち着いた口調で教えてくれる。

「動きは遅いですが、非常に硬いので……貴方様のスロット武器では有効な傷を与えられないかもしれません」

石像の顔らしき部分が僕らのほうを向く。目があるようには見えないけどこっちを認識したらしい。

足音を立ててこっちに向かってきた。歩幅は大きいけど確かに動きは遅い。

銃を構えて、一発撃ってみる。

「【貫け、魔弾の射手(デア・フライシュッツ)！】」

昨日のはまぐれではなかったらしい。黒い弾丸が飛んで石像の額に命中するけど、黒い火花が散っただけだった。確かに硬いな。

「……逃げますか？」

セリエが聞いてくる。

被弾はしたけど突然ペースを上げて走ってくる、という気配はない。一歩ずつこっちに向かってくる。

迫ってくるのはちょっと圧迫感があるけど……確かにあの足の遅さなら逃げられるだろう。どこかの建物に入ってしまってもいいわけだし。

ただ、いい機会だからもう一発試してみよう。

もう一度銃を構える。

「これが通じなかったら逃げよう」

セリエにそういって、照星の向こうに見えるリビングスタチュに意識を集中させる。

「【新たな魔弾と引き換えに、狩りの魔王……】」

昨日考えた呪文を唱えようとして噴き出しそうになった。銃を下ろした僕をセリエが不審そうに見て、リビングスタチュの方を見る。

「あの……どうかされましたか？」

「いや、なんでも」

ちょっと気恥ずかしさが先に立ってやめてしまった。

でも、そんなことをしているうちにリビングスタチュが近づいている。まだ距離はあるけど遊んでる場合じゃない。

「【新たな魔弾と引き換えに！　狩りの魔王ザミュエルよ、彼のものを生け贄（いけにえ）に捧（ささ）げる！】」

改めて銃を構え直して呪文を詠唱する。開き直った。

「焼き尽くせ！　魔弾の射手（デア・フライシュッツ）！」

引き金を引く。赤い光が銃口から飛んで、石の肩に着弾した。

一瞬の間があって赤い光が膨らむ。そして空気を震わせて爆発音が響いた。映画でよく見るような爆発だ。

石の破片が飛び散ってビルに食い込む。びりびりと空気が震えて周りの店の窓にひびが入った。こっちまで爆風が吹き付ける。

「おー……けっこうすごいね」

着弾したら爆発する、というイメージで撃ったけど、ほぼイメージどおりだ。

肩口を砕かれたリビングスタチュが一歩、二歩と歩いてくる。いちおう警戒して何歩か下がって銃を構えるけど。リビングスタチュがそのまま前のめりに地面に倒れ込んだ。重い地響きがする。

しかし、あの足の遅さはどうなんだろう。狭いところで戦いを強いられたらあの硬さは脅威だろうけど……これだけ広いとたいしたことはないかな。

石像のような姿がボロボロと崩れて黒い渦に吸い込まれていった。あとにはだんだん見慣れてきたコアクリスタルが残される。

拾い上げると、オーガの奴よりはサイズがあるし色も澄んでいる気がするな。こっちのほうが強い魔獣とかなんだろうか。せっかくだからいい値段がつくといいんだけど。

しかし、昨日は戦闘の中で夢中で撃ったけど。改めて魔法が使える、自分の魔法でモンスターを倒せるってのは、ＲＰＧを楽しんだ世代としてはけっこう感動的だ。

ただ、使用感というかＭＰを消費した感覚というか、使ったあとの疲労感もなかなか強い。熱っぽいような、頭が熱くなった、気だるげな感じに襲われる。これは連発はできなそうだな。

「おみごとでした」

今までなんとも素っ気なかったセリエだけど、ちょっと感心したような感じだ。

「ありがとう……威力１００ってけっこう火力あるんだね」

さすがに火力にステータスというか数字を振っただけのことはある。予想より爆発が大きかった。

何気なく言った僕の言葉に、セリエが驚いたような顔をする。

「どうかした？」

「失礼ながら、貴方様の今の魔法は威力１００なのでしょうか？」

「威力って……スロットの数字のことだよね」

「はい……」

「確かそうだったと思うよ」

微妙に疑われてるような気もするけど……そうだった気がする。

セリエがうつむいて考え込む。

「だとしたら……」

「だとしたら？」

「貴方様はこの魔法の力をまだ使いこなせておりません」

「ああ、そうなの？」

「はい。威力１００ならリビングスタチュを粉々に吹き飛ばしていても不思議ではありません」

使いこなせていないというのは当然で、この魔法を撃ったのは今がはじめてだ。ただ、それを言ってもまた冷たい目で見られそうだったのでやめておいた。

それに、たぶん呪文を唱えるということへの何とも言えない気恥ずかしさが影響しているようにも思う。まあ使いこなせば威力を引き出せるようになる、というのはちょっと希望が持てるな。

その後は、一度恵比寿駅前に戻って一休みした。さっきのリビングスタチュみたいなのが出てきたら魔法を連発することもあり得るし、万全な状態にしたほうがいい。

ただ、心配しすぎだったらしく、午後も散策をして何度か戦ったけど、さほどの強敵はいなかった。オーガが何度か現れたけどどうってことはなく、そのまま日が暮れた。

＊

昨日と同じように恵比寿駅の前で夕食の支度をしようとしているとスーツの裾を引っ張られた。振り返ると、ユーカが僕のスーツの裾をつまんでいる。

「どうしたの？」

「あのね……えっとね……」

ユーカが何かを言いたげに僕を見る。どうしたんだろう。

「えっと……ご主人様、昨日はなにもセリエにしなかったんですよね」

「うん、そうだけど?」

そんなことより、さっきまでお兄ちゃんだったのに、なぜいきなりご主人様。

「じゃあ……お願いですから……」

「お嬢様……あの」

「……お願いですから……今日もセリエに何もしないでください、ひどいことしないでください」

ユーカがたどたどしい口調で言って頭を下げた。セリエが青ざめた顔でユーカを見て、その後に僕を見る。

ユーカなりにセリエのことを守ろうとしているんだとわかった。こんなに小さいのに。

「……お願いします……ご主人様」

「大丈夫……何もしないよ。そんなことよりご飯食べようか」

僕の言葉にユーカの表情がパッと明るくなった。

「ホント? ホントに?」

「大丈夫。嘘はつかないよ。車からご飯取ってきてくれるかな?」

ユーカがうなずいて車の方に走っていった。セリエがほっとしたような顔をする。改めて、今までどう扱われていたかを思うと胸が痛んだ。

*

昨日と同じような食事を済ませた。ユーカは食事が終わったらセリエに体を預けてすやすやと寝てしまっていた。セリエが髪を撫でながら寝顔を見守っている。なんとも絵になる場面だ。

「君らはどんな関係なの？」

焚き火を見ながら聞いてみる。真っ暗な中で燃える小さな炎を見ているとなんか気分が落ち着く気がする。

「……貴方様は雇い主で、私たちは奴隷。それだけの話です。私たちの事情が関係ありますか？」

「そりゃ関係ないけどさ」

少しは対応が柔らかくなってきたと思うけど。ユーカの話題になると、セリエは取り付く島もない。

「どうしても知りたければ命令なさっては？」

そういえば命令には従うという話だっけ。

命令されれば話すけど、自分で話す気はない、ということか。

「……いや、いいわ」

僕の言葉にセリエの硬い表情が一瞬和らいだ気がした。

正直言って興味がなくはないけど。命令して話したくないことを無理に話させるのは趣味じゃない。僕だって、職務命令だのなんだので、言いたくないことを言わされたくはないし。

「……無理強いは好きじゃない」

沈黙が降りて、焚き火が燃える音だけが聞こえる。

「……昔お仕えしていた旦那様の忘れ形見です。お守りすると誓いました」

セリエが短く言う。

お嬢様と呼ぶから主従なのは察しがついたけど。元貴族とかそんなので、それが何かのトラブルで奴隷に落ちた、とかそんなところなんだろう。

「……貴方様のお心遣いに感謝します」

「いちおう紳士で通ってるんで」

「貴方様はお休みになってください。私が見張ります」

「じゃあよろしく。しばらくしたら替わるから起こして」

そういうと、少しセリエが考え込んでうなずいた。

「では甘えさせていただきます。ありがとうございます」

お言葉に甘えて先に休ませてもらうことにして、車の中のフラットシートに横になった。

*

翌朝。

次の日も恵比寿駅前を中心に狩りを続けた。

結局このあたりの魔獣はゴブリン、オーガが中心でたいした脅威にはならなかった。昨日遭遇したリビングスタチュが最大の敵だったな。

魔法を実戦で試せたのはよかったけど。近接戦ではほとんど攻撃をくらうこともなかったので、腕試しとしては若干やり残し感がある。

それぞれの落とすコアクリスタルはたいしたサイズではなかったけど、半日狩りを続ければそれなりの量になる。

もういいだろう。いくらなんでもこれなら二人の二日分の賃料くらいにはなったはずだ。今はユーカに持ってもらっているけど、そろそろ重くて足元がおぼつかなくなっている。

確か契約は日暮れまでだ。時計を見ると四時くらいだった。たぶんあと二時間くらいか。

「ちょっと早いけど、帰る前にご飯でも食べようか？」

「食事といってもなんの準備もありませんが？」

持ってきた食料は今日の昼で食べつくしていた。でもあてはある。

「大丈夫。僕にまかせて」

昨日コンビニの跡地を見た感じ、酒の棚や食品の棚はもう誰かに持ち去られていたけど、レトルト食品の棚は放置されていてわりといろいろ残っていた。まあ異世界の住人から見れば銀のヘンテコな袋に入ったものだし、字が読めなきゃ食べ方もわからないだろう。

近くのコンビニに入って、パスタのソースとスパゲッティをいくつか頂く。

せっかくだし、野外じゃ味気ない。見回すとビルの三階にカフェの看板が見えた。あそこを借りよう。

二人を手招きして階段を上がり、木のドアを開けた。

L字型のカウンターがある角のお店で、ガラスから差し込む太陽が店内を明るく照らしている。

木張りの床にこれまた木のカウンター。カウンターの上には整然とカップが並び、窓に沿うように並んだシンプルなカフェテーブルには、紙の表紙のメニューが置いてある。

荒らされた様子はない。人がいないことを除けばごく普通のカフェって感じだ。

今にもいらっしゃいませ、という声が聞こえそうだけど、何の反応もない。奇妙な感覚にとらわれたままで、店に一歩足を踏み入れる。

「管理者(アドミニストレーター)、起動(オン)！」

〈第三階層　権限範囲

〈・電源復旧（権限限定）

〈・階層地図表示

〈・防災設備復旧（権限限定）

〈・厨房器具復旧

「電源復旧と厨房器具復旧」

天井からつりさげられたおしゃれなライトに光がともった。スピーカーからは静かなジャズが店内に流れ始める。

ホテルで使ったときより若干疲労感が強い。二つ使ったのもあるけど、店が広いのも関係しているかもしれない。

「なんですか？　この光は？　こんな魔法は聞いたことがありませんが」

セリエが不思議そうに電球をつついている。

「音楽が聞こえるよ。でも誰もいないのに、不思議だね」

店の中を物珍しそうに見ている二人はとりあえず放っておいて、カウンターの中の厨房に入った。立派な厨房には専門的なガスコンロやオーブン、冷凍庫などが並んでいる。

ガスコンロのボタンを押すとコンロに火が付いた。蛇口をひねると水も出る。やっぱりこの能力は便利だ。原理は謎だけど、魔法がある世界にそんな突っ込みは野暮か。

壁につりさげられた鍋を二つコンロにかけて、両方の鍋に水をなみなみと注ぐ。

片方の鍋にはたっぷりと塩を入れてスパゲッティを入れ、もう一つの鍋にはレトルトのパスタソースの袋を入れた。ポモドーロとバジルソース、定番ミートソース。

僕がやっていることを厨房に入ってきたセリエとユーカが不思議そうに見ている。

「変わったかまどですね。火の魔法がかかっているのですか？」

「もうすぐおいしいものができるから、ちょっとテーブルに座って待ってて」

ゆでたパスタを一本取り上げて軽くかじる。

芯が残っていい感じだ。一人暮らしが長くなれば料理もそれなりにはできるようになる。

収納を開けて見つけた大皿にスパゲッティを盛り付けた。ソースを深皿に注ぐと、ニンニクとハーブとオリーブオイルのいい香りが厨房に漂う。

客席の方を見てみると、窓際の赤いソファに二人がちょこんと並んで座っていた。

「お待たせ」

木の広めのテーブルに、スパゲッティの大皿とソースの器を並べる。

「なんですか？　これは」

「こうやって食べるんだ」

フォークにスパゲッティを絡める見本を示すと、一口食べてみた。

温かいトマトソースの酸味と肉の脂の甘み、隠し味っぽいハーブの香りが鼻に抜ける。いまやレトルトソースもばかにできない。ていうか、僕が作る素人料理より明らかにうまいな。

申し訳ないけど、二日間食べた保存食のようなサンドイッチよりはかなりおいしい。

「こんな怪しげなもの食べられるのでしょうか？」

「……おいしいよ！　セリエ！」

セリエはいぶかしげにスパゲッティを眺めている。ガルフブルグにはスパゲッティに類するものはないらしい。

一方でユーカは警戒心なく食べ始めていた。

「お嬢様、何が入っているのかわからないというのに」

「でもいいにおいだったもん。セリエも食べなよ」

「ここで僕が毒とか入れても意味ないでしょ。食べてみなって」

「では……」

恐る恐る、という感じでフォークにスパゲッティを絡めて一口口に入れる。食べてみたら味がわかったらしく、愛想のない無表情がちょっとほころんだ。そのままセリエも食べ始める。白いエプロンにソースが飛ばないように慎重に。

二人とも慣れてないから手つきが怪しいのがほほえましい。

「この緑のソースは香草なんでしょうか……複雑な味です」

「これ、お肉が入ってるの！」

「お嬢様、口の周りが汚くなっておりますよ」

ユーカはミートソース、セリエはバジルソースがお気に入りのようだ。喜んでくれると僕も嬉しい。

けっこうな量があったはずだけど、三人できれいに食べつくした。

「すっごーく、おいしかったよ、お兄ちゃん。これってなんて食べ物なの？　なんでお兄ちゃんは作れるの？　コックさんなの？」

「……貴方様のことがわかりかねます。魔法の基礎さえ知らないかと思えば、武器の速さは私が今まで見た探索者の中でもトップクラスですし。それに奴隷にこんな食事をふるまう人は普通はおりません」

ユーカは満足げな顔をしている。セリエはいぶかしげな顔だ。

「いずれ教えてあげるよ。さて、行こうか？　もう時間だ」

時計を見ると五時過ぎ。

渋谷までの移動時間を考えればもう出発しないといけない。

＊

車は元の路地裏に戻して歩いて西武まで戻った。日が沈むのとほぼ同時に到着した。

「時間どおりですね。おかえりなさいませ。いかがでしたか？」

アルドさんが出迎えてくれる。

「助けられました」

「それはよろしゅうございました」

戦闘でのことよりも、魔法や魔獣についての基礎知識を教えてもらえたのは役に立った。今後のことを考えれば必須の知識だ。

魔法を試せたし、銃剣での近接戦もできた。まあそこまで強敵はいなかったらしいけど、それでも実戦を経験したってのは少し自信になる。

「お兄ちゃん、また来てくれる？」

ユーカが上目遣いに僕を見て聞いてくる。

「うーん、どうだろう」

今後僕がどういう身の振り方をするかわからない。

とりあえずどう稼げばいいかはなんとなくわかってきたけど、独りで探索ってわけにはいかないだろう。そうなるとアーロンさんたちとの兼ね合いもあるだろうし。

「……また来てほしいな」

「なんで？」

「お兄ちゃんはセリエをいじめないでしょ。だから」

僕が借りている間はセリエはいじめられない、ということか。

「……それに、お兄ちゃんといっしょならまたあんなおいしいもの食べられるのかなって」

ユーカが少し恥ずかしそうに言う。なんとも現金だけど。でもそれが子供っぽくていい。

「この二人を買うとしたらいくら？」

アルドさんに小声で聞いてみる。

「お買い上げの場合は12万エキュトとなっております」

アルドさんが小声で返事をしてくれた。

1エキュト百五十円と考えれば千八百万円か。スロットを有している人二人分の価格として安いのか高いのかそれはわからない。

ただ、一つ言えることは今の僕にはとてもじゃないけど手が出ない。

「また来るよ。いっしょに行こうね」

無責任な僕の言葉にユーカが満面の笑みを浮かべて、手を振ってカウンターの奥へ帰っていった。

なんか胸が痛んだ。

幕間・塔の廃墟の武器屋訪問

「スミト、この間武器屋らしきところを見つけたんだがな、わかるか？」

と、突然リチャードが僕に言ったのは、アーロンさんたちが予定どおりにガルフブルグから戻ってきて、いつもどおり天幕下の食堂で夕食を食べているときだった。

正直言ってアーロンさんたちが予定どおりに戻ってくれてちょっと安心した。僕はこの世界で知り合いがまったくいないし、右も左もわからないのだから。

「武器屋？」

「ああ、それらしいものが収められてる、武器庫、というべきかもな」

アーロンさんがくし焼きの肉を頬張りながら答えてくれる。

「まあちょっと俺たちには使い方がわからないものが多くてな。おまえの知恵を借りたいわけだ」

「うまく売れればもちろん分け前は払うぜ」

恵比寿で取ったコアクリスタルは全部で１０００エキュトになった。

セリエたちの借り賃を引いても４００エキュトの稼ぎだ。六万円相当。三日で稼いだと考えれば悪くない。

ただ、相変わらず財布の中身が心もとないことには変わりない。武器屋とやらが何かはわからないけど、物を取りに行くのなら危険は少ないだろうし、今回はアーロンさんたちがいっしょだ。万が一戦闘になっても一人で前衛ってことはない。

正直言って渡りに船って話だ。

「ええ、もちろん。お安い御用です」

「助かるぜ。明日にでもさっそく行こうや」

リチャードが言って、陶器のデキャンタからビールを注いでくれる。

ありがたく一杯頂いて、でも思うんだけど。渋谷で武器屋ってなんだろう。

警察の倉庫にでも行ったのか、それとも銃砲店でも見つけたんだろうか。そんなものが渋谷にあるかはしらないけど。

でも銃はガルフブルグにはないはずだから、銃砲店に行っても何が何だかわからないはずだし。

まあ行けばわかるかな。

＊

「ここだ」

翌日連れていかれたのは宮益坂からもう少し行ったところにある、表通りに面した二階建てで開放感のあるガラス張りの店だった。

ただ、僕でも知っている有名なスポーツブランド店で、どう見ても武器屋ではないと思うんだけど。

ガラス戸を開けて入ると、一階は野球のコーナーになっていた。去年セ・リーグを制した瀬戸内レッドフレイムの選手の写真が壁一面に貼ってあってフロア全体が赤く染められている。

ローカル球団のイメージはいまや昔、強力な打線で打ち合いを制する攻撃的なチームカラーと赤いユニフォームですっかり全国区になった。

「見ろ、あの男の絵を」

アーロンさんが指さした先には、レッドフレイムの四番バッターで去年の二冠王、鈴城一輝のモノクロ写真が貼ってあった。同僚の熱烈なレッドフレイムのファンが彼のすごさを力説していたから覚えている。

上半身裸でみごとな筋肉を披露している。片手には刀のようにバットを提げていた。

「みごとな体つきだ……修練を感じるな。相当の手練れなんだろう？」

アーロンさんが感心したように言う。確かに男の僕から見てもほれぼれする、モデルのような体つきだ。

「で、ここは騎士団の武器庫なのか？　まさか傭兵団じゃないと思うんだが」

「……なんでです？」

「皆が揃いの衣を着ているからな。あれがこの騎士団の正装なのだろう？　傭兵はさすがに揃いの正装なんて用意できないからな」

　言われてみると、上半身裸なのは鈴城選手だけで、あとはみんなが赤のユニフォームを着ている。なるほど、それが正装に見えるわけだ。

「しかし解せないのは、なぜ棍棒しかないのか、ってことだ。皆がこの武器を持っているということは、これが正式な武装なんだろうが」

　そう言って、アーロンさんが壁に飾られていた木のバットを振り上げる。片手で振り回して顔をしかめた。

「このバランスだと両手で扱うものだと思うんだが。スミト、おまえの国ではこれをどう使っていたんだ？　独自の技術が成立していたのか？」

　バットを片手で軽々と振れるのはたいした腕力だけど、やっぱり振りにくそうだ。

「スミトのいた世界はよ、これだけすげえ街を作れるのに、なんで武器は木でできてるんだ？」

　リチャードもバットを眺めながら言う。いろいろと誤解があるな。

「スミトさん、こちらは鎧ですか？」

レインさんが声をかけてくる。そっちを向くと、キャッチャーのプロテクターやレガース、ヘルメットやマスクが飾られていた。

「そうだ。それも聞きたかったんだ。これはじつにいい出来だな」

そういってアーロンさんがヘルメットと一体化したようなタイプのキャッチャー用のマスクを取り上げる。

「軽いうえに視界がきちんと確保されている。素材はわからんがみごとな作りだ」

「この胴当ても軽くていいよな」

リチャードがプロテクターを装備しながら言う。

「だが、この兜(かぶと)は安定しないな。顎紐(あごひも)がないとつけにくいだろう」

アーロンさんが持っているのは野手用のヘルメットだった。

シブいベテラン戦士って感じのアーロンさんが、チームロゴ入りの野手用のヘルメットをかぶっているのは何かシュールな光景だ。服がいつもの革鎧(かわよろい)なあたりミスマッチ感がひどい。

「この辺の脛当(すねあ)てもよく工夫されてるよな、たいしたもんだぜ」

キャッチャーの装備を一通りつけたリチャードが感心したように言う。

素人というか野球を知らなくてもなんとなく装備できてしまうのは確かにすごいかもしれない。

「ただ、この手袋はよくわからないんだよな。手にはめるのはわかるんだけどよ」

そういってグローブを持ったリチャードが壁の写真を指さす。

そこにはレッドフレイムのエース、草田投手がグローブをはめてボールを持っている写真が貼ってあった。

「盾としちゃああまりに脆いぜ、これは。かといって、手袋としちゃあ武器も握れないしな」

「この硬い白い球は投石器用の弾でしょうか」

レインさんが硬球を指先でつつきながら言う。

「この靴は裏に棘が植えられているんだよな。つま先も硬いし、これは蹴りの威力を増すための靴か？」

アーロンさんがスパイクを見ながら言う。

うーん、この勘違い。

「で、どうなんだ、スミト？」

「まずですね、ここは武器屋じゃないです。武器庫でもないです」

僕がそういうと、アーロンさんたちが首をひねる。

「じゃあこれはいったい何に使うもんなんだ？」

「どう見ても武器と鎧にしか見えねぇぜ」

まあ知らない人にはそう見えても仕方ないいんだけど。

「ガルフブルグにスポーツってなかったんですか？」

「なんだ、それ？」

「ボールとか使う競技です。戦争とかじゃなくてルールがある見世物みたいなの。大きな観客席があってそれをみんなで見るんです」

古代ローマにはすでにコロッセオがあって見世物としての競技があったわけだし、古代ギリシャにもオリンピックがあった。

蹴鞠（けまり）だって平安時代にはあったわけだし、球技とか、スポーツがガルフブルグにあっても不思議じゃないんだけど。

「……ああ、あるぞ。剣闘や騎馬レースだな」

「球を使った見世物があるのは聞いたことがありますね。見たことはありませんが」

レインさんが答えてくれる。やっぱりいちおうそういうものもあるわけか。

「ここの物はそういうためのものなんですよ。投手がこの球を投げて、打者が打ったり走ったりするんです」

ちょうど店の中には野球のベースやダイヤモンドを象（かたど）った絵や図があるからそれを使って説明してみる。

ただ、ひとしきり野球のルールを説明してみたものの、アーロンさんたちは首をかしげるだけだった。

どうも僕の教え方では野球のおもしろさは伝わらないらしい。

というか、スポーツのおもしろさは口で言ってもわかるはずもないのかもしれない。百五十キロの速球、球際のファインプレイ、打者と投手の駆け引き、満塁の緊張感、スタンドに突き刺さるホームランの興奮。

あの熱狂のスタジアムの熱量を伝える方法は……映画でも見せるしかないだろう。管理者（アドミニストレーター）でテレビは映らなかったけど、ＤＶＤの再生くらいはできるかな。

探索が進めば神宮球場あたりまでならわりと簡単に辿（たど）り着（つ）けそうだし、そのときにまた話してみるか。

「しっかしよ、そのためだけにこれだけの装具があるってのか……まったくすげえな」

リチャードが感心したというより、どっちかというとあきれたって顔で言う。

確かに、改めて見てみるとバットとかグローブとか以外にも、各所を保護するサポーターとか道具の手入れをするための用具までじつにいろんな道具がある。

「で、そのヤキュウとやらのその勝ち負けで領土の奪い合いが起きたりとかするのか？」

「……いや、そういうのじゃないですって。あくまで娯楽ですよ」

「で、それをみんなが見るってわけか？」

「ええ、人気あるスポーツですよ。多いときはスタジアムに五万人とか来ますし」

「五万人だと？」

「戦争でもする気かよ」

リチャードが驚いたように言う。

まあスポーツは時に戦争みたいな雰囲気にはなることはあるけど、その勝ち負けで領土の奪い合いとかが起きたりはしない。

この辺は、戦闘が隣り合わせにある世界との違いを感じるところだな。

「ともあれ、ここにあるのは武器じゃないですし、武器屋でもないです。そもそも、僕らの世界では街中に武器屋はないですし。探索者もいませんよ」

「なるほどな。そういう話を聞くと、やはり俺たちの世界とは違うな」

「じゃあこれは売り物にはならねぇのかな」

リチャードがプロテクターを外しながら残念そうに言う。

キャッチャー用のプロテクターは硬球に対応する程度には強度があるけど、鎧として使えるほどの強さがあるかはわからない。というか、アラクネやオーガを見た限り、あの辺の攻撃を止めるのはいくら何でも無理だろう。矢とかが相手なら多少は有効かもしれないけど。

バットは武器として使っても単なる木の棍棒だし持っていく意味はないだろうな。

「どうですかね……」

「まあそれはそれとして、これはもらっていこう。鍛冶師に見せれば鎧の改良には使えるかもしれん」

「そうですね」

そういって、プロテクターやレガース、肘当てとかの防具一式をレインさんが袋に詰め始めた。

＊

二階にも上がってみると、二階はランニングやウォーキングのコーナーだった。

下の赤一色だったフロアから一転して、白い壁に大きくブランドロゴがペイントされていて、走る男女の姿の写真が貼られた壁にはシューズが整然と並べられている。

「これは靴か……やけに派手だな」

そう言ってアーロンさんが棚からランニングシューズを取り上げる。

アーロンさんに限らず、探索者が履いているのは武骨な革のブーツとか編み上げのサンダルとかだ。足元のおしゃれ、という感覚はガルフブルグにはないわけでもなく、アンクレットとかをつけてる人はたまーに見かける。

まあ渋谷にいるのは探索者ばかりだから、ほとんどが実用性重視になるのは仕方ないのかもしれない。

「しかし、じつに軽いんだが、これは本当に靴なのか？」

アーロンさんがランニングシューズを手でもてあそびながら言う。軽くて頼りなげなのはわかるけど。

ただ、バットとか野球のヘルメットよりむしろこっちのほうがガルフブルグでは有益な品物になるんじゃないだろうか。

「履いてみればわかりますよ。快適だと思います」

「そうか、おまえが言うなら試してみるか」

アーロンさんの足は大きくて、いちばん大きなサイズのシューズでようやくぴったりだった。

おっかなびっくり、という感じでシューズのつま先でとんとんと床を突いたり、足踏みしたりしている。この辺のしぐさは世界の壁を越えても共通だな。

なんというか、不安げな感じで足元を見ている。頼りなく感じるのはわかる。最近のランニング用のシューズとかは文字どおり羽のように軽い。でも性能は折り紙付きだ。

「それは長い距離を走るための靴だから、旅する人にとってはいいと思いますよ」

「ということは……これは伝令用の靴ということか？」

「いいえ、違います。僕らの世界じゃ走る人がけっこういたんですよ」

アーロンさんが首をひねる。

「伝令でもないのに何で走るんだ？」

「遊び（レクリエーション）で」

「意味がわからんぞ。兵士は訓練のときに走るが……」

娯楽としてのスポーツは一般的じゃないようだけど、楽しんで体を動かす、という概念もどうやらまだガルフブルグでは一般的ではないらしい。

「話すと長くなるんですけど、僕らの世界にはそういう人がいたんです。で、その靴はそういう長い距離を走る人が使う靴なんですよ。たぶん旅するときには役に立つと思いますよ」

「なるほどな。なら少し持っていくか」

そういうと、アーロンさんたちが壁に飾ってある靴を取って袋に入れ始めた。

＊

「これは……確かにすばらしいな」

宮益坂を下りる途中で立ち止まったアーロンさんが驚いたような声をあげた。この短い距離を歩いただけでもシューズの性能はわかったらしい。

「そんなにいいんですか、アーロン様」

レインさんがアーロンさんの足元を見ながら言う。

「ああ、不思議な感じなんだがな。なんというか……上質の絨毯(じゅうたん)の上を歩いているようだ」

実際のところ、革のブーツと最新鋭モデルのランニングシューズは性能面ではとても比較にならない。地面に足を下ろしたときのクッションだけで雲泥の差だと思う。

体を使うベテラン探索者だからこそ、その違いはすぐに体でわかるんだろうな。

結局袋に詰めて持ち帰ったランニングシューズ二十足ほどをアーロンさんの口添えで商人に売って売り上げを山分けした。これで少しは懐が温かくなった。

ガルフブルグの商人から見れば派手派手しくて恐ろしく軽い、得体が知れない靴なわけで。それをそこそこの値段で引き取ってくれるあたりはベテランのアーロンさんへの信頼感によるものだろう。

でも、売値は一足で１００エキュト強、日本円換算だと一万五千円くらい。日本円でも定価と言えば定価だ。

これがいい商売になったのか、買い叩(か)(たた)かれたのか。価格水準というか適正価格がわからないのは不便だな。まあもともとはタダだし、いい商売になったと思うことにしよう。

……その後、靴の良さはあっという間に理解されたらしくガルフブルグに持ち込まれるものの中に旅人用のウォーキングシューズが入ったらしい。

アーロンさんが持っていった野球用の防具は、鎧の留め金の改善に役に立っていることも後で聞いた。

2

翌日。アーロンさんたちはまたガルフブルグに行ってしまった。なんでも、靴を買い取ってくれた商人に、靴についての解説を求められたらしい。今回は二日ですぐ帰ってくるらしいけど。

一人で探索に行くのも無謀だし、その日は一日オフにした。

よく考えれば、突然誰もいない東京にすっ飛ばされ、探索者になり、ゲームの中に出てくるようなモンスターと三日間戦ったのだ。一日くらいはオフにしてもいいだろう。

ホテルの部屋でゴロゴロするのも芸がないので、変わってしまった渋谷を歩き回った。

エレベーターが動かないせいか、ビルはほとんど三階あたりまでしか使われていない。

西武の一階からいちばん上まで歩いてみたけど、洋服や陶器、家具などは持ち去られて何も残っていなかった。一方、化粧品や薬とかは用途不明だったらしく隅に積み上げられていた。

口紅くらいはわかったようだけど基礎化粧品がどうだのというのは異世界の人にはわかるまい。まあ僕にもわからないのだけど。

本屋は荒らされた跡があったけど、そもそも字が読めなかったらしくほとんどの本は放置されている。

ただ、画集コーナーと写真集コーナーは空っぽになっていた。芸術とイケメンとエロは次元の壁を超えるのだな、と思った。


渋谷散策も半日程度で飽きてしまった。

やることもないので天幕の下で、昼間からワインとガルフブルグ産のビールのような酒を舐(な)めながら、だらけて過ごした。

冷えてないのはちょっとさびしいところだ。管理者(アドミニストレーター)の力でホテルの冷蔵庫でも使うか。

しかし、陶器のジョッキのビールっぽい酒を眺めつつ考える。

なんか昼間からやることもなく酒を飲んでいるってのは、毎日出勤のサラリーマン生活に慣れた身としては、なんていうかすごく罪悪感がある。

周りには同じように思い思いに飲んでいたり、軽めの食事を取っている探索者のパーティがいくつかいた。装備を整えている人たちは一仕事終えたのか。普段着っぽい軽装の人たちは今日はお休みなんだろうか。

稼ぐも休むも自己責任ってことか。ゲームの世界の冒険者ってどんな生活なんだろう、なんて考えたこともなかったけど……当たり前だけど、けっこうたいへんだよな。

そんなことを思いつつ、結局その日はだらけたまま終わった。

さらに翌日。今日中にアーロンさんたちも帰ってくるはずだ。

帰ってきたときに酔っぱらっているのも体裁が悪いから今日は酒はやめておく。もう一度、今日は一日だけセリエとユーカの二人を借りて狩りにでも行こう。

そう思って向かった西武渋谷店一階でアルドさんの口から意外なセリフが出てきた。

「あの二人はお貸しできません」

「それはなんで？」

なんか拒否られるようなことを僕はしただろうか、と一瞬自分の行動を思い出すけど。

「あの二人には買い手が付きそうなのです。あちらの方です」

カウンターの向こうで黒髪に紺色っぽいマントを羽織った男がセリエと何か話していた。

なるほど。そりゃ、奴隷というか売り物である以上はそういうこともあるよなと思う……でもなんか残念だ。せっかく縁があったのに。

しかし、千八百万円近い現金をポンと用意できるんだから、大商人とか貴族とかそんなんだろう。金持ちって奴（やつ）はどこの世界にもいるもんだ。羨ましい。

僕の顔を見たユーカがカウンターから出てこっちに走ってきた。

「お兄ちゃん！」

「やあ、ユーカ。君たちとまたいっしょに行きたかったんだけど……」

言い終わるより前に、ユーカが僕の手を握った。

「私たちを連れてって！」

「え？」

「あの人……いやなの！　お願い！」

藪(やぶ)から棒な発言だ。何が嫌なんだろうか。

カウンターの向こうでは、男がセリエと何か話し続けている。面談中というか面接中という感じだ。

ユーカの髪を撫(な)でながら見ていると、突然セリエの表情が一変した。

表情が薄い淡々とした顔が、こっちから見てもわかるほどの怒りの顔に変わる。何があった？

男がセリエの耳元で何かいうとカウンターの中から出てきた。

歩み去る男をセリエがものすごい目で睨(にら)んでいる。こっちまで若干引くほどの目つきだ。殺気が伝わってくる。

男は、肌が少し浅黒く、髪も黒。長めの黒髪を整えて後ろに撫でつけるようにしている。そして耳が尖(とが)っていた。ダークエルフかそのハーフって感じだ。

仕立てのよさそうな細かい刺しゅう入りの紺色のマントのようなものを纏(まと)っている。ユーカを見てこちらに向かってきた。

「ユーカ。明日からはわが主をご主人様と呼ぶのだぞ。無礼は許さんからな」

「やだ！　お兄ちゃんといっしょに行くんだから！」

そういってユーカが僕の後ろに隠れる。

「ふむ。君は？」

男が僕を見る……それは元の東京でもよく見た視線だった。権力者が下っ端を見下す目だ。

「……探索者です」

「ふむ。おかしな身なりだな。で、ユーカがいっしょに行くと言っているが。君が二人を買うということかな？　君のようなみすぼらしい、おっと失礼。探索者風情が12万エキュトを持っているのかね？　失礼ながらそんなふうにはまったく見えないな」

12万エキュトは大体千八百万円くらいだ。もちろんそんな金はない。

なまじ靴を売った分け前を手にしたから、そのけた外れの額が実感としてわかる。

「うん。言わなくても構わないよ。わかっている。貧乏人に貧乏だと認めさせるほど私も非道ではないからね」

「お兄ちゃん、いっしょに連れてって！」

ユーカが縋(すが)るような顔で僕を見た。

セリエの表情でなんとなく察しがついた。こいつに買われたら二人は離れ離れにさせられる。

カウンターの向こうに佇(たたず)むセリエは何とも言えない目で僕らを見ている。

前に見た、すべてを諦めたような目ではないけど。悲しげでもあり、怒りのようでもあり。僕にはその心を図ることはできなかった。

連れていって、と言われても……千八百万円を工面する。冷静に考えれば非現実的な話で、前の世界にいたら考えるまでもなく無理な話だ。こっちでも無理筋だろう。

それに、相手は貴族なんだかそれとも偉い商人なんだか知らないけど。相応な権力者なのは間違いない。

「身の程がわかったかね。では、ユーカの手を離してそこをどきたまえ」

「やだ！　こっち来ないで！」

男が一歩前に出てきて、ユーカが強く僕の手を握る。

僕が東京でサラリーマンをしていたら。目をそらして立ち去っただろうと思う。

そもそもそんなお金はない。どうしようもない。

わずか数日前に少し会っただけだ。どうせもう会うこともない。

それに、偉い人ともめたら周りに迷惑がかかるかもしれない。助けたって何の得もない。理由なんていくらでもいえる。

……でも、こっちに来る前にあの少年に話したことを思い出す。僕は世界をよくしたい、そう思っていたはず。

ここで目をそらして立ち去ったら、前とまったく同じじゃないか。

ここで僕が何もしなければ。たぶん、二人はこいつに買われて引き離される。でも、もし僕が買えればそうはならない。

僕がそれをできるだろうか……ただ、この二人がどうなるかほぼわかっていて、何もしなかったら。きっと、いつまでも消えない心の引っ掛かりになるだろう。

そういえば、アーロンさんが言っていた。世界は勝手に良くなったりはしない。自分で良くするんだ、だっけ。

ああ、いいとも。僕が世界を良くしてやろう。

「ユーカ……僕が」

ユーカの手を握り返してまっすぐ目を見つめた。

本当にいいのか……僕を見つめ返すユーカの目に一瞬躊躇(ちゅうちょ)する。

「……君たちを買う。待ってろ」

「ホントに！　お兄ちゃん！」

言ってしまった。ユーカが喜びで満ちた澄んだ目で僕を見つめる。

「本当だ。信じて」

「うん、待ってるからね。約束だよ」

もう後には引けない。やるしかない。

男がそれを聞いて薄く笑った。嫌な感じの笑い方だ。

「なるほど。それは立派な心意気だ。では、私も貴族として下々の者に厚情を示さなくてはなるまいな」

そう言って男が僕を見る。

「君に二日間の時間をやろう。明日の日が暮れるまでだ。私は今すぐに買っていっても構わんのだからな、貴族の心の広さに感謝したまえ。アルド、明日の日が暮れるころにまた来るぞ」

大仰に言うと男が出ていった。

アーロンさんたちの手も借りないといけないけど、戻るまでに下準備をしなくては。

＊

西武の外に出るとさっきの男が立っていた。

「君には感謝するよ、探索者君」

話すこともないから無視して横をすり抜けようとしたけど、声をかけてくる。

「何が？」

こっちとしては話すことなんてないけど。それより、感謝ってのは意味がわからない。

「絶望したものの顔を見るのはそれはそれで楽しくもあるし、わが主のお望みでもある。あの二人を引き離すときにそれが見れれば十分だと思っていた」

やっぱりそうか。

この間の話を聞く限り、誰かに買われても二人いっしょにいられるとかなら、セリエは受け入れていたと思う。セリエがあれだけの怒りを示すとしたらそれしかないだろうな。

「だが君があの二人に希望を与えた。希望が与えられて、そしてそれが砕け散るのを見るのは、ただ絶望するものを見るより楽しいのだよ。知っているかね？」

さっきと同じような、薄い嘲（あざけ）るような笑みを浮かべて男が言う。

あきれ果てる性格の曲がりように頭が痛くなった。得意げに話す内容か、これは。ガルフブルグの貴族様はこんなのばかりではないと思いたい。

「なぜそんなことをする？　そんなことしても意味ないだろ？」

「我々の事情で君のような下賤（げせん）なものには関係がないことだ。逆に聞くが、君はなぜ彼女たちのためにそこまでしようとする？　あの二人と何か関係があるのかね？」

「いや、ない」

「ならなぜだ？」

なぜ、か。

「僕がどう思ってるかなんて、おまえにゃわかんないだろうよ」

「ふふ。明日が楽しみだよ、君。二人は君を信じて待つだろう。特にあのユーカはな。君がドアを開けて現れて、金貨の山を積んでくれると。二日間望むのだ。かなわぬ望みなのにな。私が明日二人を買うとき、彼女たちがどういう表情をするのか……」

改めて責任の重さがのしかかってきた気がした。

期待させた以上は、失敗しましたゴメンナサイってわけにはいかない。

「せっかくだ。君のご執心の二人を買ったらどうするか教えよう、まずは……ユーカの前でセリエを……」

もうこいつが何が言いたいのか察しがついた。

「おい！」

「なんだね、最後に君も抱きたいというなら便宜を図って……」

「……いいからもう黙れ」

スロット武器を出して切りかかりたくなる衝動をかろうじて抑えた。ここで武器を抜いて私闘をしたら罰せられるのかどうなのか。

「……その取り澄ました顔に風穴開けてやろうか」

「ほう。怖い顔だな」

「さっきの質問の答えを言うよ。てめえみたいなゲス野郎にあの二人を渡してたまるか」

「勇ましいな。明日、君の打ちひしがれた顔を見るのも楽しそうだ。せいぜい楽しませてくれよ」

男が余裕の笑みを崩さないままに言う。

「僕が12万エキュト用意できるかも、とか考えないのか？」

「それはそれは。どうやってかね？　ガルフブルグに戻って上位古龍（アークドラゴン）でも狩るかね？　すばらしい、英雄になれるな」

男が小ばかにしたような口調で言って拍手するかのように手を叩（たた）く。

「それともこの探索の進んでいない塔の廃墟（はいきょ）でどこにあるかもわからない宝物でも探すのかね？二日間で？　まあ楽しみにしてるよ。せいぜいがんばりたまえ」

僕の肩をポンと叩いて男はスクランブル交差点の方に歩いていった。

ドラゴンを狩るレベルの難易度なのか……改めて大変さが実感できた。でも。

なんていうか、猛烈にやる気が出てきた。

思いどおりになんてさせるものか。

絶対に。

実を言うと金を稼ぐのにあてがないわけじゃない。

ただ問題は、12万エキュトになるかはわからないということだ。それにソロで無理をして、僕が死んでしまえば本末転倒だ。アーロンさんを待つしかない。

しかし、ゲートの前で待てど暮らせど、なかなか戻ってきてくれない。

誰かと待ち合わせしても、メールなり携帯なりで簡単に連絡が取れたから、あてもなくただ待つだけの時間ってのはあまり経験がないんだけど。なんというか、時間が異様にゆっくりと流れていくように感じる。

イライラオーラが出ていたのか、ゲートの書記官や酒場のウェイトレスたちが僕をいぶかしげに見ていた。

いい加減ゲートの向こうに行って首根っこをつかまえようか、と思った四時ごろ、ようやくアーロンさんが現れた。

文句を言っても仕方ないけど……遅い。

「おお、スミト待っててくれたのか」

「今日は何してたんだ？」

*

「突然ですが、アーロンさん。明日の日暮れまでに12万エキュト稼ぎたいんです。協力してください」

僕の言葉を聞いた三人があっけにとられた、というか、何言ってんだこいつ、っていうような顔をする。

「なんだと？　12万エキュト？」

「おいおい、スミト、何言ってんだ？　ばくちで負けたにしてもやられすぎだろ」

日本円換算で千八百万だ。そりゃ驚くだろう。僕だって言われれば相手の正気を疑う。

「そうじゃないです。実は……」

とりあえず手短に事情を説明する。

「なるほど。そういう事情か……しかし二日で12万とはな」

「だがよ、なぜおまえがそこまでするんだ？　情でも移ったのか？」

情が移った、のか。なんでこうまでするのか。僕にも正直わからない。

ただ、あの二人が引き離されるのを見たくなかった。それを見捨てる自分が嫌だった。今はあのゲス野郎な貴族様に一泡吹かせてやりたい、というのもあるけど。

「なんとなくです。でも約束してしまった以上、やることはやらないと」

そう言った僕の顔をアーロンさんがじっと見る。

「どうかしましたか？」

「……どういう心境の変化かわからんが、三日前とは別人だ。いい目になったな。いいだろう。力を貸そう。おまえらはどうする？」

「私はアーロン様に従うだけです。それに私も奴隷ですから……お手伝いできればと思います」

「そこまで入れ込むってことは、その奴隷はかわいこちゃんなんだろ。じゃあ俺が手をひくわけにはいかねぇな」

リチャードとレインさんがうなずく。

「……ありがとう」


とりあえずホテルのロビーに移った。

ロビーの机に本屋から持ってきた東京の地図を広げる。

「もちろんノープランってわけじゃないだろうな、スミト？」

「当然です」

アーロンさんたちが帰ってくるまでにいろいろと考えた。

アラクネのコアクリスタルは僕の取り分から考えれば２７００エキュトくらいのはずだ。と考えると単純に計算しても四十五匹狩らなければいけない計算になる。

一匹ずつ並んで順番に狩られてくれればいいけど、そんな都合のいい魔獣はいないだろう。

もちろん単価が高いコアクリスタルを出すのもいるのかもしれないけど、魔獣の強さと落とすコアクリスタルの買い取り値が比例するのなら、あれより強い魔獣を狩ろうとしたらリスクは格段に上がると思う。

中にはボーナス的なレアドロップを置いていくのがいるかもしれないけど。根本的な問題として、そもそもどこにどんな魔獣が出るのかが、僕にはわからない。

いずれにせよ、魔獣を狩って二日で12万を稼ぐのはほぼ不可能だ。

となれば、狙うはこの世界の宝物、ということになる。

食料とか消耗品も売れそうだけど、狙うべきは宝石類だ。小さくて持ち運びがしやすいし、装飾品とか宝石とか金細工とかの価値は場所を超えてもおそらく同じだ。

実際に金細工の装身具を身に着けてる人はちらほらいた。売れるはずだ。

それに、宝石細工が靴とかと違ってすでに価値が確立してるなら、長々と交渉したり、買い叩かれることもないだろう。

「どうでしょう?」

「それしかないだろうな。目のつけどころは申し分ない。やるじゃないか」

「こっちの世界の宝石細工はドワーフのものにも負けないって評判なんだぜ」

問題は12万エキュト分を確保できるか、ということだけど。

「だがこのディグレア、まあシブヤでもいいが、このあたりはあらかた探索されつくしているから宝石はもうないだろう。どこかに取りに行く必要があるぞ。それに、どんな魔獣が出るかわからない未踏域をあてもなく歩き回るわけにはいかない」

管理者（アドミニストレーター）のスキルも便利ではあるけど、僕の最大の強みは、この世界のことをここの誰よりも知っていることだ。

ブランドジュエリー店になんて僕は縁がないけど、銀座や表参道とかにそういう店がたくさんあることくらいは知っている。

今回は時間がないから少しでも近いほうがいい。

「僕らが会ったあの辺は新宿っていうんですけど、あそことここの中間くらいの場所にそういうところがあるはずです。どうでしょう？」

地図を指さす。三人が微妙な表情を浮かべた。

「どうしたんです？」

「あの辺はなぁ……実はかなり強力な魔獣との遭遇報告があってな」

「俺たちがあのあたりを飛ばしてシンジュクとやらにいったのはそういう事情もあるんだ」

そういうことか。

でも宝石が売れるということはわかった。可能性があるなら行くまでだ。

「一人でも行く、って顔だな。安心しろ。付き合ってやる」

「お供しますよ。ご安心ください」

「そういう覚悟をしておけってことさ」

三人が口々に言う。

「……なんでそこまでしてくれるんです？」

頼んでおいていうのもなんだけど、正直言ってここまでしてくれる理由がわからない。まだ会って数日程度だというのに。善人にもほどがあると思う。

「俺たちはおまえに助けられた。アラクネは本来なら俺たち三人で戦えば問題なく勝てる相手だが、あのときはこちらも連戦で消耗していたし、突然塔の上から奇襲を受けてな。おまえがいなければ俺たちはあの地下でアラクネの餌になっていたかもしれん。その恩は返す。それだけだ」

「それにおまえと仲良くしとけば、この世界の探索では有利そうだからな。タダじゃねぇぜ？　スミト。いつか返せよ」

……僕は変な異世界のようなところに一人ぼっちで来てしまったけれど。でも出会いには恵まれた。それは本当に救いだ。

「感謝します」

「明日の早めに出かける。取ってきたものを売るにしても大金だ。換金の時間がいるだろう。早く帰れるにこしたことはない。商人に話を通しておくようにギルドに言っておいてやる。スミト、おまえは休め。戦闘になればおまえにも前衛に立ってもらうぞ。腹はくくっとけよ」

いいとも。望むところだ。

＊

予定どおりに行けばいいけど、なかなかうまくいかないのが世の常。

朝早く出発したものの、表参道に辿り着くまでに何度もゲートが開き魔獣を相手にする羽目になった。

せいぜいがオーガ程度の雑魚ばかりではあるけど、ゲートが現れて道をふさがれて、出てきた魔獣を倒して、あたりを警戒しつつ再出発というのをくりかえしているとにかく時間を浪費させられる。

さすがにオーガを乗用車で撥ね飛ばすのは無理だ。次に急ぐときはトラックか何かを動かそうと思った。

時間を食わされて表参道に辿り着いたときにはもう日が高くなっていた。

人がいない以外はあまり変わっていなかった恵比寿駅前と違って、表参道は、確かに何かが現れた跡があった。

生け垣で真ん中を仕切られた広い車道には横倒しになった車が散乱して、街路樹が何本か折れている。一部の店が火事かなにかで焼け落ちていた。

今はなんの気配もないけど、何かが現れてもおかしくない、という不穏な空気は伝わってくる。

「スミト、どこへ行けばいい？」

「この建物を捜索します」

目標にしたのは表参道ヒルズだ。

事前に本屋で少ししらべておいたけど、ここがいちばんいろいろな店が固まっている。あちこちの宝石店をめぐるよりも、ここを集中的に探すほうが効率はいい。

表参道ヒルズはデートで一度来たことがあるけど、吹き抜け構造のおしゃれな建物で中はわかりにくい。

ただ、ここは管理者が有効に使える。

「管理者、起動！　同階層地図、表示」

建物の中に入って階層地図表示を使うと、目の前にフロアマップが浮かんだ。

ご丁寧に店の名前やジャンルまで出てくる。館内案内のパンフレットを魔法で見ている感じだ。

これなら何がどこにあるのかがすぐわかる。探索には便利な能力だ。

自分のいる階しかわからないのはめんどうなのだけど、ぜいたくは言えない。

表参道ヒルズの吹き抜けの天井からは太陽の光が差し込んできているけど、電気がついていないから全体的には暗い。

うねるように吹き抜けをとりまく回廊としんと静まり返った空気は、ゲームに出てくる古代の城の遺跡みたいな雰囲気を醸し出していた。僕らの足音だけが静かな建物の中に響く。しかし、新宿駅もそうだけど、電気が消えるだけで雰囲気が一変するな。

ショーウインドウの向こうには整然と着飾ったマネキンが並んでいて、壁に付けられたハンガーにはきれいな服がかけられている。

少なくともこの中には魔獣が現れた形跡はない。でも、その何もなさがかえって誰もいないという奇妙さを引き立てている気がする。

とりあえず適当なジュエリーショップに入った。

壁が真っ白に塗られていて、整然と並ぶショーケースには上品な金の装飾がされていた。うっすらと埃(ほこり)をかぶったショーケースのガラスを銃床で砕く。ガラスの割れる音が大きく響いた。

なんかやってることが宝石泥棒そのまんまなので、非常に気が引ける。思わず防犯カメラを見てしまうけど、電源ランプはもちろんついていなかった。

「こんなのはどうでしょ？」

ガラスで手を切らないように取り出したのは、シンプルな立て爪にダイヤをあしらったシルバーのリングだ。値札を見て頭が痛くなった。僕の給料一ヵ月分を超えてる。

レインさんがそれをじっくりと眺める。

「悪くはないですけど……装飾がシンプルすぎます。小さくてもいいからいくつかの石を組み合わせているものや、細工が複雑なもののほうが値がつきます。そういうのを探しましょう」

「まあとりあえず、これはこれでもらっとこうや」

こちらとガルフブルグでは、どんなものに価値があるのかは異なるわけだけど、この手の評価は女性の意見のほうが参考になる。レインさんがいるのはありがたかった。

地下一階、一階と順に捜索し、価値のありそうなものを中心に袋に入れていく。

二階まで来てようやくレインさんのお眼鏡にかなう店に当たった。くすんだ金色の壁と赤っぽい木の台に黒の装飾をあしらったショーケースが並ぶ、なんかエキゾチックな雰囲気の店だ。

星を象った金の彫刻に宝石を飾った指輪や、十字架や方位磁石をモチーフにしたようなネックレスが、ショーケースに収められてる。

「すばらしい細工ですね……ここのがいちばんガルフブルグで良い値がつくと思います」

うっとりした顔でレインさんが指輪を見て言う。

装飾は凝っていると思うけど、ついている値札は最初の店よりかなり低い。この辺の価値は僕にはよくわからない。ブランドのグレードとかで差がつくんだろうか。

でもガルフブルグで売るにはこちらのほうがいいらしい。世界が変われば好みも違うし、そもそもガルフブルグで日本のブランド名を出しても仕方ないか。

「よし、ここのを頂いていこうぜ」

「急げよ。ここは何が起きるかわからん。今回の目的は魔獣狩りじゃないからな、戦闘は避けたい」

アーロンさんがカーテンの隙間から外を警戒しながら言う。

「すげぇな、スミト。こんなの大公家のお嬢様だってつけてねぇぜ。こいつは高く売れるぞ」

「ほれぼれします。どんな職人の方が作られたんでしょうか……」

二人が指輪やネックレスを取り上げながら感嘆の声をあげた。

時間がないので、持ってきた袋に端から貴金属類を入れていく。店の三分の二あたりまであさったところでアーロンさんの声が聞こえた。

「そこまでだ！　撤収準備。ゲートだ」

「しゃあねぇな。これだけあれば大丈夫だろ、たぶん」

リチャードがそう言って、ガラスの破片ごと首飾りを袋に詰め込んだ。

階段を駆け下りてヒルズの外に出ると、表参道の通りの真ん中に黒いゲートが現れていた。しかも帰り道にするはずだった神宮前へのルートをふさぐ形で。

行き道でやたらと魔獣と遭遇したことといい、今日はどうにも間が悪い。ゲートが開きやすい日なんてものもあるんだろうか。

「さて、何が出てくるかねぇ。雑魚だったら行きがけの駄賃だ。狩ってこうぜ」

リチャードが鞭を構えて軽口をいう。確かにさっきまでのオーガとかそのくらいなら問題ないけど。

近くの車に近寄った。いつでも逃げられるようにしておかないと。

緊張しながらゲートを見守る。前に見たのよりゲートのサイズが大きいのが非常に嫌な予感なんだけど。

黒い稲妻のようなものを放つゲートから、まず馬の前足が出てきて、巨大な二頭の馬が姿を現した。競馬の馬の一・五倍くらいはありそうなサイズだ。そして首がない。

次にその馬が引く古代ローマを舞台にした映画で見たような戦車がゲートから出てくる。

その戦車には右手に大剣、左手に自分の首らしき兜を下げた首なしの騎士が乗っていた。

＊

「……デュラハン、だと？」

「ちょっと待て、こんなとこで会うかよ、普通」

ああいうの、どこかのゲームで見たことがあるような気がする。

ていうか……ヤバい相手なのは二人の反応でわかった。

ゲートが閉じると、二頭の馬がコンクリを前足のひづめで叩く。そして地響きを立てながらこちらに突撃してきた。

「【貫け、魔弾の射手（デア・フライシュッツ）！】」

銃を構えて一発撃ってみたけど、黒い火花が鎧（よろい）の表面で散っただけで、あっけなく弾がはじかれた。鎧に傷一つついてない。

「【我が言霊（ことだま）が紡ぐは炎。闇に住まうもの物を灰に還（かえ）せ！】」

レインさんの放った炎の塊が首なし馬にぶつかる。パッと火の粉が上がるけど、まったく突進は止まらない。

車を跳ね飛ばしながら猛スピードでこちらに向かってくる。

「よけろ！」

アーロンさんが叫ぶ。慌てて左に飛んで突進ラインから外れた。

「ばか！　そっちじゃない！」

誰かの声が聞こえたときには目の前に刃こぼれした巨大な剣が迫っていた。

よく考えれば左側に避けると右手の剣の攻撃範囲なのだ、と気づいたときにはもう遅い。

スピードはいつもどおりゆっくり見えるけど……体勢が悪い。避けられない。とっさに銃身で受け止める。

「うわっ！」

耳を貫くような金属音と同時に銃から強烈な衝撃が伝わってきて、体が吹き飛ばされた。風が耳元で鳴る。

目を開けるとコンクリートの地面が下に、街路樹の葉が横に見えた。浮いている、というか飛んでる。

状況を認識したタイミングで浮遊感が落下感に変わった。落ちる。とっさに頭を庇（かば）った。

わずかな間があって、バキバキという何かが折れる音と布が裂ける音、無数の棘（とげ）で刺されたような痛みが走った。跳ねた体が硬いものに叩きつけられて息が詰まる。

目を開けると、灰色のコンクリートと潰れた歩道の植え込みが見えた。植え込みに突っ込んだんだ。コンクリの上に落ちなかったのは……運がよかったとしか言いようがない。

「大丈夫か！」

誰かの声が聞こえた。

体のあちこちが痛むけど、幸いにも痛みで動けないってことはない。

「スミト！　立てるか？」

今度はアーロンさんの声だとわかった。

返事をして、立ち上がろうとしたけど、うまく声が出なかった。銃を杖にして立とうとしても足に力が入らない。

足に痛みはない。立てるはずだ。もう一度力を入れて地面を踏みしめようとしたところで、いまさらのように背筋が凍るような感覚が襲ってきた。冷や汗が全身に噴き出して体が震える。

今起きた現実をようやく認識できた。

僕はたった今……死にかけた。

オーガをあまりにもあっさり撃退できたから意識しなかったけど。当たり前の話だけど、攻撃が遅く見えるからと言って当たらないわけじゃない。

この世界にはコンティニューも、セーブも、残機設定もない。もし防げなければ……今頃僕は真っ二つになってその辺に転がっていただろう。

吐き気がこみあげてきて、とっさに口を押さえた。

「気持ちはわかるが、今は立て！」

歯を食いしばっているとアーロンさんの声が上から降ってくる。

「逃げるんだ！　死にたくなければ！」

顔をあげると、戦車（チャリオット）は車輪でコンクリを削りながらそのまま青山通りの十字路あたりまで走り抜けたところだった。

広いスペースで、馬がもたもたと方向転換している。小回りはさすがに利かないらしい。

死にたくない。

それに、死ぬわけにはいかない。ここで僕が死んだら、あの二人はどうなる。ここまで来たのも何の意味もなくなってしまう。

「死んでたまるか！」

思わず声が出た。

「よし、いい気合だ……立てるか？」

「ええ、なんとか」

アーロンさんが起こしてくれる。足に力を入れて無理やり立った。

「逃げるぞ、スミト。あいつは危険だ！」

「了解！」

立ち上がると不思議と少し気持ちが落ち着いた。

首なし馬が再び嘶(いなな)きをあげて棹立(さおだ)ちになる。首がないのになぜ声が聞こえるのか、なんて思ってる場合じゃない。

「管理者(アドミニストレーター)、起動(オン)！　動力復旧(イグニッション)！」

手近な高級セダンのドアを開けてエンジンを起動させる。三人が乗り込んできた。

「行きます！」

全員が乗ったのを見てアクセルを床まで踏み込むと、車体がはじかれたように前に飛び出す。

「あいつは不死系の魔獣でかなりしぶとい。魔法を一点集中するくらいでないと倒せんぞ」

助手席からアーロンさんが言う。

といわれてもいったいどうやって？　僕は運転中だし、走ってる車から魔法で狙い撃ちは難しそうだ。

唐突に何かが車を飛び越えてきて、前に落ちた。バイクだ。部品をまき散らしながら転がったバイクが止まっていた車とぶつかって赤い炎が吹きあがる。

「危ない！」

誰かが叫ぶ。とっさにブレーキを踏んでハンドルを切った。つんのめるように車が減速して、吹きあがる炎の横をぎりぎりですり抜ける。

「追いつかれます！」

バックシートからレインさんの悲鳴のような声があがった。

バックミラーを見るとデュラハンの戦車（チャリオット）が一気に近くなっている。

ブレーキを踏んだのはまずかった……といってもあの状況でブレーキをとっさに踏まないなんて僕には無理だ。

僕の車の運転はたまに営業車を運転する程度だ。障害物のように並ぶ車をすり抜けてデュラハンを振り切るなんてできる気がしない。

アクセルをもう一度床まで踏みつける。タイヤがコンクリとこすれる音がして車が急加速した。止まっている車がこっちに突っ込んでくるように迫ってくる。

ひづめの音が大きくなってきて、地響きが車にも伝わってきた。こちらは道に停（と）まっている車をよけながら走っているけど、向こうは車も街路樹もなぎ倒しながらの突撃だ。

ミラーを見なくてもわかる。直線を逃げていたら追いつかれるのも時間の問題だ。逃げ切れない。

「つかまって！」

神宮前の交差点に突入して右にハンドルを切った。タイヤがレースゲームのように音を立てて車が横滑りして、ウインドウ越しの景色が左から右に流れる。車体が傾いて片輪が浮いた。

「曲がれ！」

「きゃぁ！」

「おぉい、ひっくり返ったりしねえだろうなぁ」

無我夢中でハンドルを操作する。

停車していた車にぶち当たらなかったのは奇跡。もう二度とできない。歩道の植え込みをかすめてセダンが三〇五号線（明治通り）に飛び込んだ。後ろから轟音(ごうおん)が響いてミラーを見る。角のビルの瓦礫(がれき)をまき散らしながらターンしたデュラハンがこっちに向かってきていた。

やっぱりハイスピードで曲がれるような乗り物じゃない。これで少しは距離が稼げたけど、このまま追いかけっこをしていたらいつかつかまる……魔法を使う時間を稼ぐためにも足を止めたいけど、いったいどうやって？

曲がってすぐにラフォーレの前を駆け抜ける。その左前方に、大きなショーウインドウのブティックが見えた。

うまくいくかはわからないけど……もう悩んでいる時間はない。

「あの建物に入りますよ。僕が壁を作ります」

「壁ってなんだよ、おい」

「信じていいんだな？　スミト」

「大丈夫です、まかせて。揺れますよ！」

フルブレーキを踏んで同時に左にハンドルを切った。バンパーが鉄の柵とぶつかってフロントガラスにひびが入る。

同時に爆発音を立ててエアバッグが膨らんだ。顔をぶん殴られるような衝撃が来て視界が真っ白になる。

勢いのまま車がブティックに突撃した。ショーウインドウが砕ける音、棚か何かをなぎ倒す金属音と衝撃が響く。

「止まれぇ！」

ブレーキを力いっぱい床まで踏みつける。床とタイヤがこすれあうスキール音が響き、ハンドルから振動が伝わってくる。車が店の奥でかろうじて止まった。

「無茶苦茶しやがるな、おい！」

リチャードの悪態を無視して、慌てて車を飛び出す。

「管理者（アドミニストレーター）、起動（オン）！　防災設備復旧（エマージェンシーシステムコントロール）！　閉じろシャッター！」

権限外です、の表示が出たらいろいろと笑えなかったけど、そうはならなかった。

音を立てて店の前にスチールのシャッターが下りる。窓から差し込む光が消えて真っ暗になったと同時に、地震のように建物全体が揺れて、内側のガラスにひびが入った。

シャッターに首なし馬がぶつかったんだろう。ギリギリセーフ。

同時に体から力が抜けるのがわかった。管理者を使いすぎた。だけど、まだ倒れるわけにはいかない。

「攻撃の準備を。最大火力で!!」

これがラストチャンスだ、おそらく。もう逃げる足がない。乱戦になったら……全滅する。

「言われるまでもない。まかせろ。【来たれ黒狼、死を呼ぶ群れよ。荒野において慈悲は無用!牙を剝け、獲物の喉を】」

「皆さんの魔法を強化します!

【我が言霊が紡ぐは波、彼の力を水辺に広がる波紋の如く成せ】」

「【俺の鞭は史上最速! くらっておとなしくおねんねしてな】」

「【新たな魔弾と引き換えに! 狩りの魔王ザミュエルよ、彼のものを生け贄に捧げる!】」

金属音とガラスが砕ける音がして、スチールのシャッターが紙を切り裂いたかのように破れた。

白い光が差し込んできて、馬の前足が見える。

砕けたガラスの破片が飛び散って、とっさに顔を覆った。目を開けると、ひしゃげたシャッターの大きな穴越しにデュラハンの姿が見える。今!

「死んどけ!!」

金のオーラを纏ったリチャードの鞭が唸りをあげて伸びデュラハンの胸をとらえた。黒い胸甲に大きな傷跡が残る。動きが止まった。

「食いちぎれ！　ブラックハウンド‼」

続いてアーロンさんが剣を横に薙いだ。

アーロンさんの影から黒いオオカミの群れが飛び出す。オオカミが首なし馬に噛みつき、馬が悲鳴をあげた。

「焼き尽くせ！　魔弾の射手！」

最後に僕の銃口から放たれた光弾がデュラハンに命中した。

轟音が轟いて、リビングスタチュのときの倍以上の巨大な火球が炸裂する。戦車ごとデュラハンが吹き飛んだ。

巨体が向こうの通りまで吹き飛び、止まっていた車にぶち当たった。一瞬ののちに車のガソリンが引火し爆炎を噴き上げる。手応えあった。

バチバチと燃え盛る炎に包まれて馬は倒れて動かない。戦車も車軸がへし折れめちゃめちゃになっている。

だけど、炎の中でまだ騎士本体が動いている。信じられないことに、剣を杖にして立ち上がろうとしていた。

まだ戦えるのか、こいつは。まさに化け物だ。

「魔法はもう打ち止めだ」

「しゃあねぇ、だったら死ぬまで殴り続けてやるさ」

アーロンさんが剣を、リチャードが鞭を構える。気力がつきかけているけど、僕も銃剣を構えた。

火に包まれたまま立ち上がったデュラハンがよろめくように一歩踏み出す。

そこで、その膝ががくりと折れ、きしみ音を立てながらそのまま地面に倒れ伏した。

息を詰めて見守る僕らの前でもう見慣れた黒い渦が現れ、デュラハンの残骸を吸い込んでいく。

そして、あとにはあのアラクネよりかなり大きめのコアクリスタルが残されていた。

……倒した。

「よっしゃ、やったぜ」

「さすがにくたばったな」

「危ないところでした」

安心したらどっと疲れが出た。管理者(アドミニストレーター)を使いまくったうえに、最大火力の魔法をぶっ放して、体力的にかなり厳しい。

「急いで逃げるぞ。もう一体きたらさすがにもたん」

アーロンさんが言う。

そうだ、もう時間がない。間に合わなければこの苦労も意味がない。

一刻も早く戻らないと。

*

レインさんに魔力賦与(ディストリビュートパワー)なる魔法をかけてもらって、かろうじて車は動かせた。

適当な車を見繕って渋谷に向けて走らせる。

「このまま渋谷駅までいっていいですか？」

時計は午後五時を回っている。

本当はどこかに止めて歩くべきなんだろうけど、一分も無駄にはしたくない。

「まあ好きにしろ。探索者ギルドに商人を呼んである」

「ゴメン、どいてどいて！」

クラクションを鳴らしながら車を走らせると、道を歩いていた獣人や人間が驚いたような顔で飛び退(すさ)った。迷惑ドライバーで申し訳ない。

QFRONTのすぐそばに車を止める。車の周りを取り囲んだ人垣をかき分けて、ビルに駆け込んだ。

元スタバのホール、現在は探索者ギルド内はがらんとしていて、身なりのいい男が二人いた。

アーロンさんが呼んでくれた商人だろう。何から何までぬかりない。

「カザマスミトさま、おかえりなさい。アーロンさんの指示で商人を呼んであります」

「この宝石を買ってほしい、今すぐに」

袋の中から、戦利品の指輪やネックレスなどをざらざらと机の上に出すと、駆け込んできた僕を値踏みするように見ていた二人の目の色が変わった。

ギルドの受付のお姉さんもぽかんと口をあけている。

「これをどこで手に入れられたので？」

「すばらしい品ですな」

二人が手袋をはめて宝石の鑑定を始めた。

時計を見ると五時二十分。日が沈むころ、ってのはいつなのかはっきりしないけど、まだ太陽は出ている。ゆっくりとした手つきがじれったい。

「申し訳ないけど、早くしてほしい」

言っても仕方ないのかもしれないけど口に出てしまう。こんなことをしているうちに間に合わなくなったら……。

「すべて鑑定しないとわかりませんが……すべて本物ならどれだけ安くとも20万エキュトは下りま

せん。すべて鑑定するのに一週間ほど時間を頂きたい」

「私としても同感です」

宝石を見ながら二人が言う。

一週間。こちらの事情を知らないから当然なんだろう。大金を動かすんだから、慎重になるのはもちろん僕にだってわかる。

でも、一週間なんて待てるわけがない。

「偽物じゃない。今すぐに換金してほしい」

今は一週間後の金になんて価値はない。一時間後であっても無意味だ。

「それはさすがに……もう少し鑑定しなくては」

「……おいくら必要なので?」

片方は渋ったけど、もう一人が口を開いた。

「最低でも12万エキュト」

男が一瞬考え込むようにうつむいた。得体の知れない男が持ってきた宝石、それに即金で二千万円ちかくの金を出せって言ってるんだから、我ながら無茶を言ってる。

男が僕を見て、宝石を見て、また僕を見た。

「……いいでしょう」

長く感じた沈黙の後に、男が言った。

「13万エキュトで買い取ります、それでよろしいですか？」

「売った。すぐに払ってくれ」

「結構です」

宝石をその商人のほうに全部押しやる。

その商人が懐から割り符の束を取り出して並べ始めた。話が早くてありがたい。

「ちょっと待ってください。鑑定の時間さえ頂ければその倍はお支払いしますよ？」

「ありがたい話だけど、今すぐに必要なんだ」

「アーロンさん？　この人は正気ですか？　あと少し待っていただければ倍以上の金が手に入るのに」

「ちょっと変わった奴だが、正気なのは俺が保証するよ」

いつのまにかQFRONTに入ってきていたアーロンさんが答えてくれる。

「これで13万エキュトです。お確かめを」

商人が割り符を渡してくれた。

確認する暇はない。いくら何でもギルドでの取引でインチキはするまい。紙束を摑んでスーツのポケットに突っ込んで外に飛び出した。

空はもう赤く染まり影が長く伸びている。間に合うか。

＊

QFRONTを出て車に走り寄ろうとしたけど、人だかりができていた。

管理者（アドミニストレーター）は切れているから、今はただの鉄の塊だけど。

もう日が沈むまで間がない。

あいつが先にきていたら、なにもかもおしまいだ。西武に向けて走った。魔法を連発した体が重りをつけられたように重い。ちょっとした坂道がこたえる。

なんとか西武まで辿り着いてドアを開けてロビーを見渡した。

カウンターの向こうの奴隷たちがどよめいて僕を見る。昨日と同じように秘書を従えたアルドさんが机に座っていた。まだあの胸糞悪い（むなくそわるい）貴族の姿は見えない。

「あいつは？　まだ来てないな？」

「まだ日が沈んでおりませんので、お越しになってはおられません」

アルドさんが前と変わらない落ち着いた調子で答えてくれた。

「じゃあ確認してくれ。12万エキュトあるはずだ」

ポケットから札束のように割り符を机の上に積み上げた。アルドさんが驚いた顔をするけど、すぐにふだんの表情に戻る。机の上に積んだ割り符を取り上げた。

「……失礼して改めさせていただきます」

アルドさんがお札を数えるような手つきで割り符を一枚ずつ確認していく。妙に静かな中、割り符の紙が触れ合う音だけがした。

息が詰まるような五分間ほどの時間が過ぎて、アルドさんが大きく息を吐いて割り符を机の上に戻す。そして五枚を返してきた。

「え、何？」

「こちらはお返しします……多すぎるようなので」

アルドさんが言う。そういえば少し色を付けてくれたのだっけ。まさかの偽物とか不足とかかと思って一瞬肝が冷えた。

「それで」

「はい……確かに12万エキュトを頂きました。取引は成立です。セリエ、ユーカの二人はスミト様にお引き渡しいたします」

アルドさんが宣言する。同時に、カウンターの向こうで大歓声が起こった。

「ユーカちゃん、よかったね！」

「離れ離れにならずに済みそうじゃないか！　セリエ‼」

「小さい兄ちゃん、あんたすげえな!! どんな魔法を使ったんだ?」

カウンターの向こうには、皆に囲まれた二人が見えた。

セリエは信じられない、という顔、ユーカは嬉しい、という顔をしている。見ればわかる。言葉はいらなかった。

間に合ったんだ。よかった。本当に。

「ずいぶん賑やかだな、どうかしたのか?」

安心して脱力していると、ドアを開けてあの男が入ってきた。

「おや、先日の探索者か。12万は稼げたのかね? まあ、別れを惜しみにきたというなら少しぐらい待つのはやぶさかではないぞ」

男がそう言って僕を見下ろす。

「……申し訳ありませんが、もう買い取りは終わっておりまして」

アルドさんがそう言って、一瞬ホールが静まり返った。男が、言葉の意味がわからないというかのようにアルドさんを見る。

「……なに?」

「この二人はこちらのスミト様のものでございます」

アルドさんが淡々と告げて、テーブルの上の割り符を示す。

「なんだ、あれは？」

「先ほどスミト様のお支払いになりました、12万エキュトでございます」

「ばかな……二日で12万エキュト稼いだというのか？」

「確かに受け取りました」

男の余裕のあった顔色がみるみる青ざめた。

この野郎の言っていたことで一つだけ同意できることがある。確かに希望が砕け散る様は見ものだ。相手がゲス野郎であるのなら心が痛まなくていい。

「倍額を支払う。言いたいことはわかるな？」

「……取引はすでに成立しております。ご希望がありましたらスミト様とどうぞ。私の関知するところではありませんので」

アルドさんは取り付く島もない、という感じで男の言葉を一蹴する。

男が僕を睨みつけるようにしてこっちに来た。

「おい、おまえ。あの二人を私に譲れ。よく聞け、いいか？　おまえには二つの利点がある。一つは金だ。おまえが出した金の三倍、いや五倍を払ってやろう。しがない探索者には破格だろう？」

なんといわれても答えは決まっているから、僕が口を開く必要はない。

黙っていると男が勝手に話を続けた。

「二つ目は貴族とのつながりだ。わが主、ラクシャスさまに口をきいてやろう。貴族とのつながりはおまえの役に立つぞ？　いい条件だろう。あの二人を私に譲れ」

　まさかの事態がよほど衝撃的だったんだろう。焦りというか動揺がありありと見える。一気に喋(しゃべ)って、男が僕を睨んだ。

「まず言うけど、僕はラクシャスなんてしらん」

「ばかか、貴様？　どこの田舎者だ？」

　この状況でも高慢ちきな上から目線なのは一周回って感心してしまうな。

「それに、おまえが今の十倍積んでもあの二人は譲らない。百倍でも答えは同じだ。断る。誰もが金と権力にひれ伏すと思ったか？」

「……正気か、おまえ？」

　男が理解不能って顔で僕を見て言う。これ、さっきも言われたな。

「ああ正気だ。でもあんたには感謝はしてるんだ。二日間くれなかったら無理だった。そんなあんたに僕の故郷のいい言葉を教えてやる。謙虚にふるまって、さっさととどめを刺せ、だ」

「なんだと、貴様」

「話は終わりだ、さっさと消えろよ。ご主人様にお仕置きされなきゃいいな」

「およびじゃねぇんだよ、貴族様よぉ！」

「帰れ、コラ！」

カウンターの向こうの奴隷たちからも罵声が飛んでくる。

男が奴隷たちを睨みつけた。

「貴様ら、身の程を……」

「探索者や奴隷を見下してたかもしれんけどさ、てめえみたいな権力をかさに着る奴は万人に嫌われるんだわ」

「……貴族にたてついて……ただで済むと思っているのか？　後悔するぞ？」

「二日で12万稼ぐ探索者相手に力ずくでくるのか？　いいぞ、かかってこい。そのときは遠慮なくその頭に風穴開けてやる」

すさまじい殺気を込めた目で睨まれる。だけど、目はそらさない。

「……覚えていろよ」

絵に描いたような捨てゼリフを吐いてそいつは出ていってドアが荒々しく閉められる。西武渋谷店一階に静寂が戻った。

「話は終わりましたでしょうか」

アルドさんが声をかけてくる。

「終わりましたよ。ありがとうございます。でも倍で売れるんならあいつに売ってもよかったんじゃないですか？」

アルドさんが肩をすくめる。

現代日本ならともかく、契約が法的に拘束力のある世界とも思えないし、そもそも契約書を交わしたわけでもない。

反故（ほご）にされる可能性はあったから、実はかなりヒヤッとした。

「商売を長く続けるのに大事なのは信用です。金に目がくらんで一度成立した取引を解消することはできません」

アルドさんが変わらずに淡々とした口調でいう。

見上げた精神というか、なんというか。倍額の取引を蹴っ飛ばすんだから、なんとも誠実な話だ。正直言って感心してしまう。

「……それに。どうせ売るならば、よりましな相手に売れたほうがいい、とは思っております」

アルドさんが少し笑って深々と頭を下げた。

アーロンさんがこの人を紹介した理由がなんかわかる気がした。

「お買い上げありがとうございます。制約（コンストレイント）をかけなおしますので少しお待ちください」

*

脱力したまま銀行のものをそのまま残しているらしいベンチに座っていると、簡単な荷物を携えてまずはユーカが出てきた。

うつむいて、おずおずとした感じでこっちに歩いてくる。

「どうかした?」

「ごめんなさい……お兄ちゃん」

「なにが?」

目が真っ赤だ。待ってる間不安にさせたんだろう。

「……嘘(うそ)ついたって思った。来てくれないって。お兄ちゃんなんて嘘つきだって」

「僕も間に合わないんじゃないかって思ったよ」

本当にタッチの差だった。嘘つきにならなくてよかった。

そのままユーカが腰のあたりに抱きついてくる。

「……ぎゅってして」

言われたとおりにぎゅっと頭を抱いてあげる。

「……お兄ちゃん、ずっといっしょにいれる?」

「うん」

「……セリエとも？」

「大丈夫だよ。ずっといっしょだ」

　ユーカと抱き合っていると、カウンターの向こうから以前のままのメイド衣装のセリエが出てきた。

　僕に向けてぺこりと一礼する。

「来てくれなかったら、必ず貴方様（あなたさま）の喉を食い破りにいったでしょう」

「そりゃ怖い。死ななくて済んでよかったよ」

　こちらもわりとまじめに言ってる気がする。食い殺されなくてよかったな。

「でも……私……貴方様にいろいろと失礼なことを言いましたのに……こんなにしていただいて。なんとお礼を申し上げればいいのか」

　そういって気まずそうにセリエがうつむく。セリエにちょっと意地悪したくなった。

　僕はサドではないけど、けっこう手厳しいことも言われたし、ささやかに仕返ししても許されるだろう。

「じゃあ、お礼にキスしてよ」

「えっ、あの……」

「嫌かな？」

「えっと……そういうのは……」

予想外の言葉だったんだろう。犬耳がピンと立ち上がり、取り澄ました顔が真っ赤に染まる。

うん。トゲトゲしてるよりこういうほうがかわいいな。

「冗談だって、冗談。じゃあ行こうか」

まずはアーロンさんたちに報告しないと。

*

アルドさんが課した新たな制約(コンストレイント)は僕の命令に服することだった。

その証(あかし)として、僕と、セリエ、ユーカの手のひらには黒い文様のようなものが刻まれた。これが主人と奴隷の証、ということらしい。

二人を連れてスクランブル交差点の方に戻ると、アーロンさんたちがQFRONTの横で待っていてくれた。

「おお。無事に終わったようだな」

「間に合ったんですね。よかったです」

「ほーう、かわいこちゃんじゃねぇか。しかも二人。スミトが夢中になるのもわかるぜ」

三人が晴れやかな笑顔で迎えてくれる。

この二人についてはうまくいった。でもさっきの状況で引っかかることも出てしまった。

「どうした、せっかくうまくいったのに浮かない顔だな」

「……この二人だけ買って、これって僕の自己満足なのかなって」

僕が二人を買ったときに、ほかの奴隷が喝采を送ってくれた。あれは奴隷の間である種の仲間意識があるってことなんだろう。

単なる商品売買ならこんなことは思わないけど。ああいうのを見るといろいろと考えてしまう。

この二人はこれでいいけど、ほかの奴隷たちはどうなるんだろう。

「おまえも妙なことを考えるんだな。おまえの国の人間はみんなそうなのか？」

アーロンさんが頭を掻きながら言う。

「だがな、考えてもみろ。おまえが彼女たちを買わなければ彼女たちはもっとひどい境遇に置かれていたんだろ？」

「……たぶん」

セリエの態度や、あいつの執着から見るに、単なるハウスメイド候補が欲しかっただけとは思えない。なんらかの因縁があったんだろう。

引き離されるとか、そういうのを抜きにしても。とてもじゃないけど、大切に扱われたとは思えない。

「全員を救うことができないからといって、二人を見捨てるほうがよかったのか？」

「いえ……そうは思いませんね」

「それでいいさ。救えるなら一人でも救え。そうすればその一人分でも世界はよくなる」

アーロンさんがいつもどおりの口調で言ってくれた。そういわれると少し気が楽になる。

「……ったく、旦那もスミトも何でそういちいち堅苦しいんだ」

黙って聞いていたリチャードがあきれたって感じの口調で言う。

「スミト、おまえはこの子たちがかわいかったんだろ？　助けたかったんだろ？　難しいことはいいじゃねぇか。助けたいから助けた。そんだけだろ」

「まあね」

いろいろ思うところはあったけど、たぶん根本の部分はシンプルに、僕に何かできるなら助けたかったってだけだ。

「じゃあそれでいいだろ。それに、ほかの奴らに不公平だって思うんなら稼ぎまくってみんな買っちまえ。そうすりゃハーレムだぜ、オイ。毎日違う子と楽しめるんだ。男の夢だろ」

こっちはこっちで相変わらずだ。レインさんが冷たい目でリチャードを見ている。

それに気づいてないのか、リチャードが肩を組んできた。

「で、どっちが本命だ？」

「なにが？」

「おいおい、いまさらとぼけんなって。獣人はベッドの上でも強気らしいぜ。スミト、おまえみたいな奥手の奴だと尻に敷かれるぞ。大丈夫か？　でもこっちはちょっと小さすぎるって、痛ってぇ！」

肩を寄せて話しているところで、レインさんの杖の一撃がリチャードの脛に炸裂した。

「品がありませんよ！」

「レインちゃん、スロット武器で殴るのはダメでしょ、せめて足踏むくらいにしてくれよ」

見た目より痛かったらしい。抗議するリチャードを一睨みして、レインさんがしゃがみ込んでユーカに話しかける。

「ユーカちゃん、私はレインといいます。この下品なお兄さんからは離れましょうね。向こうで何か飲みましょう」

「はい！　よろしくお願いします。私、ユーカ・エリトレア・サヴォアです！」

レインさんに手をひかれてユーカが天幕の方に立ち去っていった。本名はけっこう長いんだな。

「まったくひでぇ話だぜ、冗談だってのによ」

「スミト、先に行くぞ」

そのあとを脛を押さえながらリチャードとアーロンさんが続いていく。

さて、僕らも行こうか。

「じゃあ……」

「あの……」

セリエに呼びかけようとしたけど、その前にセリエに呼ばれた。振り返ると間近にセリエの顔があった。

「ご主人様……」

一瞬誰のことだかわからなくてセリエを見つめ返す。

「あの、ご主人様？」

「ああ、僕のこと？」

「もちろんです」

当たり前ですって顔でセリエが言う。しかし……ご主人様か……。

「……あのさ、ほかの呼び方にならない？」

ご主人様なんて面と向かって呼ばれたのは、一度連れていかれたメイド喫茶くらいだけど……真顔で言われるとなんというか猛烈に違和感あるというか気恥ずかしい。

「とんでもありません。ご主人様はご主人様です。ほかに呼び方はありません」

きっぱりとした口調でセリエが言う。どうやら譲るつもりはないらしい。まあ仕方ないか。

「まあ……いいよ。で、どうかした？」

「……今は二人です」

「うん。そうだね」

そういうとセリエが少しうつむいた。

「あの……口づけを……していただけますでしょうか、ご主人様」

「ああ、いや、さっきのは冗談だって。無理強いするつもりはないよ」

僕の言葉に、セリエがふるふると首を振る。

「ご主人様がたった二日間であの大金を稼ぐのにどれだけ危険な思いをしたか。そのくらい、私にだってわかります。そして、お嬢様をお救いくださった。……ご主人様に口づけしていただけるのはこの上ない幸せです」

あのツンツンした感じから、えらい豹変ぶりだな。初日の夜のような投げやりな感じではまったくなくて、ちょっと頬を染めた上目遣いがかわいい。

「……でもあの場にはお嬢様もおられましたし。もう少し場を考えてください」

拗ねたような口調で言う。

「はあ……で、僕からするわけ？」

「もちろんです。奴隷の方からご主人様に口づけするのは失礼にあたります。粗相があってはいけませんし」

これまた、真顔で言い返された。

そういうもんか。キスをねだられるなんて今までの僕の人生ではなかった話なんだけど……正直人前でやるのは微妙だ。

周りを見ると、図ったように人通りはないんだけど。なまじ馴染(なじ)みのある渋谷の街並みの面影があるからかなり抵抗がある。

「いや、でもそれはちょっとなぁ……」

「私なんかに口づけしていただくのは恥ずかしいということでしょうか。でも先ほど……」

「ちょっと待って。そういう恥ずかしいとかじゃなくて」

ガルフブルグ流だとそういう解釈になるのか。

相手が誰であっても路(ろ)チュー、というか公共の場でキスするのは抵抗がある……という今の僕の感覚は現代日本人的な感覚であって、誰もいないからいいってもんでもない。

この辺について、ガルフブルグではあんまり気にしないいんだろうか。世界の壁を超えた文化の違いを感じるな。

この感覚の違いをどう伝えようか考えてみたけど。

「……お願いします」

真剣な目でセリエが僕を見る。どうやら、逃げる、はぐらかす、という選択肢はなさそうだ。

目の前にはかわいい獣人の女の子。ラブラブなキスをしたいというのは本音だけど……やはりここでは抵抗がある。

仕方ない、もったいないけど手短に済ませよう。きっと次の機会もあるはず。

セリエの肩を抱き寄せて、軽く唇を触れ合わせた。

「これでいいでしょ？　じゃあ……」

「あの！」

「はい……」

「えっと……これでおしまいなのでしょうか？　それとも……私の失礼な言動に……お怒りなので……」

なんか縋りつかれたまま、うるんだ目で見上げられる。改めて周りを見回すけど人通りはなかった。

……もうせっかくだから好きにさせてもらおう。呪文の詠唱のときにも学んだけど、変に照れがあるより、開き直るほうがむしろ恥ずかしさがない。

「わかったよ。じゃあ準備良い？」

「……はい」

腰に手を回して軽くセリエを抱き寄せる。セリエの栗色(くりいろ)の瞳が僕をじっと見つめてきた。

「あー、いいかな？」

「はい」

「あのさ……目をつぶってくれない？」

「……つぶらないとだめですか？」

「できれば」

見つめられるとどうにもやりにくい。セリエがちょっとためらった顔をして目を閉じた。

薄く開いたピンク色の唇と上気した頬。キス待ち顔が間近に近づいて心臓の鼓動が倍くらいのスピードになってる気がする。手が震えそうになるけど、なるべく平静を装う。そのままセリエにキスした。

遠慮する気もなくしたので、舌を差し入れる。このバカップルを見るんならもう好きにしてくれ、という感じだ。

「きゅうっ、くうん」

舌の先端を絡め合わせると、セリエが強く体を寄せてくる。甘い吐息が頬にかかった。熱い体温が伝わってくる。

ああ、ここにベッドがあれば……などと妄想した。

気分的には三分くらい、実際はどのくらいかわからないけど、たっぷりセリエの唇を堪能して、キスを終わらせた。

セリエがくたっと僕に体を寄せてくる。薄く産毛の生えたうなじを犬にするようにそっと撫でると、体がぴくっと震えた。

「そこ、撫でられるの好きです……」

ぎゅっと僕にしがみついて、胸に縋りついてくる。顔を上げると、いつものセリエに戻っていた。

意志の強さを秘めた目が僕を見つめる。

「ありがとうございます、ご主人様。お嬢様とともにいさせてくれて。命を懸けてお仕えいたします」

そういうと、セリエも天幕の方に駆けていった。

後ろ姿を見守りつつキスの余韻に少し浸る。さて、僕も行くか。

「よう、遅いぞ、スミト」

と、歩き出したところで声をかけられた。見ると、スタバビルの柱の陰にリチャードとアーロンさんがいる。

どこからか見られていたらしい……不覚にも全然気づかなかった。

「いやー、遅いなって思ってよ。心配になっちまったんだ。魔獣にでも襲われてたらたいへんだからな。無事でよかったぜ」

リチャードがにやにや笑いながら僕の肩を叩いて天幕の方に歩いていった。

全部見られてたか……当分ネタにされそうだな、これは。

「あー、いや……すまんな、のぞくつもりはなかったんだが」

アーロンさんは気まずそうだ。

本当に見られてるとか……僕から言うこともなにもないです、はい。顔から火が出る。

「奴隷を養うのは主人の務めだぞ、言っておくが」

アーロンさんが真顔に戻って言った。

「買った以上は責任がある。がんばれよ」

「ええ。わかってます」

僕の答えを聞くとアーロンさんが満足そうに笑った。

「さて、仕事は終わった。一杯やろうじゃないか。デュラハンのコアクリスタルはけっこういい値段がついたんだがな。まあそれはそれとして今日はもちろんスミトの奢り(おご)だろ」

「……そりゃもちろん」

いくつもの明かりに照らされて賑わう渋谷スクランブル交差点の天幕に向かって歩く。

ユーカが手を振っているのが見えた。

いつか元の東京に戻れる日が来るのか、そのとき僕はどうするのか。それはわからない。

でもそのときまではがんばって二人を守ろう。そう思った。

3

……最初の記憶は、戦場で泥水をすすっていたこと。

親の記憶はない。

戦争で死んでしまったのか、魔獣に食い殺されてしまったのか、何も覚えていない。小さいころは、いつもおなかをすかせていて、誰かに食べ物を恵んでもらっていた。

何日も食べるものがなくて木の下でうずくまっていたのを、旦那様が拾ってくださった。

あのときに頂いた塩辛いハムとチーズを挟んだパンの味は今も忘れられない。

旦那様がどういう意図で私を拾ってくれたのかは、今となってはわからない。死にかけの犬の獣人なんて何の役に立つと思われたのだろう。

よくわからないけど、私はその日から旦那様のサヴォア家の下働きになった。

水を運んだり、屋敷（やしき）を掃除したり、薪を割ったり、一日中働いた。

でも辛（つら）くはなかった。飢えることと独りぼっちになることに比べれば、そのくらいなんでもないことだった。

旦那様のサヴォア家はガルフブルグ王国の四大公の一つ、ルノアール公に仕える下級貴族。

旦那様は高い忠誠心と戦場での指揮能力で公の信頼を得ておられた。

旦那様はいつも穏やかな方で、私を見るといつも笑ってくださった。

背の高い方で、笑いながら私を見下ろして頭を撫でてくださるときが好きだった。

奥様は物静かで美しく、いつも落ち着いた方だった。戦が続いて旦那様が屋敷を長く空けられても、屋敷にはいつも平和な空気が流れていた。


お二人には一人娘がおられた。

ユーカ・エリトレア・サヴォア様。使用人の中で年がいちばん近かったせいか、私とお嬢様はすぐ仲良くなった。


私にスロットの力があることがわかったのは十二歳のときのこと。

スロット持ちにしか反応しないというスロットシートに私の能力が浮かんだ。

スロットシートはスロットという魔法や武器の特殊な才能を持つものが持ったときにだけ、持ち主のスロットを教えてくれる紙のような魔道具だ。

私は嬉しかった。これでもっと旦那様とサヴォアの家のお役に立てる。

スロットを持つ者は少なくないが、探索者になったり戦場に出られるほどのスロットを持つものは二百人に一人程度だ。私にその力が眠っていたことを感謝した。

攻防のスロットであれば旦那様の近くでお守りできたのだけど、私に与えられたのは魔法スロット、特殊スロット、回復スロットで旦那様の盾になれるようなものではなかった。

「神が与えてくださった力だ。感謝するんだぞ」

私は背が伸びて、旦那様からはもう見下ろされるようなことはなかったけど、変わらず頭を撫でてくださった。

旦那様のおそばにお仕えし、あちこちの戦いに参加した。

私にとっては平穏な時期だった。たとえ戦場であったとしても。


あるとき、旦那様が指揮を執った戦争が痛み分けになった。

それ自体は珍しくはない。和平が結ばれ、いくばくかの領地と賠償金のやりとりがあった。

運命が一転したのはその直後。その戦争にはとある四大公に近い家の子弟が参戦していた。その者が討ち死にしたのだ。

取るに足らない局地戦のはずが、それで話が大きくなった。

幸せが崩れ去るのは一瞬だった。

その貴族が王に訴え出た。

ややこしい、私にはうかがい知れない力学が働いたらしく、旦那様は、ガルフブルグの未来を担う有能の士を愚かな采配で落命させた、という汚名を着せられた。

旦那様には死罪が科され、サヴォア家には多額の、私の見たこともない額の賠償金が課された。

明らかに異常な措置だった。ルノアール公も旦那様のことを惜しんで奔走してくださったそうだが、最終的には王の言葉には逆らうことはできない。

賠償金のために家屋敷も領地も売られたがそれでも足りない。その場合は直系の血縁が奴隷に落とされる。奥様とお嬢様。しかし二人を売ったところで賠償金にはとうてい満たなかった。

あとから風の噂(うわさ)で聞いた。その貴族が言っていたこと。

妻と子が奴隷にされても何もできず、ただ処刑される苦しみを味わわせたかった、と。

旦那様は今まで見たこともない悲しい顔をされて刑場に連れていかれた。

最後は堂々とされていたがその胸の内はいかばかりだっただろうか。

＊

奥様とお嬢様が売られる日、私は奴隷商に私も奴隷として売るように申し出た。ただしいっしょに、と。

私は自分の価値をわかっている。スロット持ち、しかも複数のスロットを持つ魔法使いは奴隷商にとっては高額な商品だ。

ただでそんな「商品」が増えるのだ。悪い話ではなかったはずだった。

でも三人いっしょは拒否された。どちらかと行かなければいけない。でも……どちらかと、なんて選べるはずもなかった。

「ここまでしてくれなくてもいいのに……あなたは自由になれるのよ？」

私を見て、奥様が悲しげな顔で言われた。

でも。私が今いるのも、スロット持ちとして一人前になれたのもすべてはサヴォア家があってこそなのだ。

旦那様に拾われなければ、私はあの木の下で誰にも知られないまま死んでいた。だから私が最後までお仕えするのは当然だ。

お二人を見捨てて、独りぼっちで生きていって……それになんの意味があるだろう。

「……ありがとう」

長い沈黙があって、奥様が私を抱き寄せてくださった。

「セリエ、この子といっしょに行ってあげて」

まっすぐな目で私を見て、奥様は言われた。

「私は大丈夫。でもこの子はまだ子供よ。あなたは強い魔法使い。この子を守ってあげて。サヴォアの血を引く最後の子よ。頼むわね、セリエ」

奥様がいつもどおりの落ち着いた目で私を見つめる。

永遠のお別れかもしれない。一秒でも長く、少しでも確かに奥様の顔を目に焼き付ける。

「……命に代えましても……お守りします」

お別れなんてしたくなかった。泣き叫びたかった。

でも私がそんなことをしてしまえば奥様の心を乱すだけだ。必死で涙をこらえて、いつもどおりにお返事をした。

「ありがとう、セリエ」

「……時間だ」

奴隷商が言って奥様の肩に手を置いた。

「ユーカ、あなたは強い子。サヴォアの血を引く子として誇り高く生きてね。一人にしてごめんなさい。許してね」

奥様がお嬢様をしっかり抱きしめて、向きなおった。

「さようなら」

「お母さま！　どこへ行くの、お母さま！　置いていかないで！」

お嬢様の声は今も耳にこびりついている。私はただ自分の耳をふさぐしかできなかった。あのときのような声を二度と上げさせはしない。

奥様は毅然(きぜん)として振り返らず行かれた。最後まで取り乱したりはされなかった。

……恐ろしくなかったはずはないのに。その先に待ち受けてるものがわからなかったはずはないのに。

誇り高い、永遠にお仕えするわが主。

奥様のその後はわからない。いろいろと噂を集めてみたけれど、ついぞわからなかった。

*

私を買ったアルドという奴隷商はわりと善人だった。

奴隷商というとイメージが悪いが、奴隷商の多くは制約(コンストレイント)のスロット能力を持っているものであって、必ずしも人でなし、というわけではない。

彼は私たちの売値を高くし、かわりに貸出値を低く、供託金を高く設定してくれた。

奴隷は、貸し出されているうちに稼いだお金で自分を買い戻すことができる。貸出値が低ければ利用者も増え、自分を買い戻す可能性も高くなる。

買値が安ければ誰かに買われて、ばらばらにされてしまうかもしれないが高値の奴隷は手が出しにくい。

ただ、貸出値が安い、ということはつらいこともあった。

ガルフブルグでは探索すべき迷宮や遺跡は少なくなっていた。そして、探索者がスロット使いを正規の探索の補助の目的のために雇うことは減ってきていて、かわりに別の需要が増えてきていた。特に女の奴隷には。

アルドは悪くない人間だったがこればかりはどうにもならない。

せめて優しく抱いてくれれば耐えられるけれど、娼館よりは安上がりとばかりに、私をそういう目的で借りる者にそんな慈悲は期待できない。

五人組に貸し出されて、四肢を押さえつけられて二日間昼夜問わず嬲られたときは涙が出た。

生き地獄だったが……私が死ねば次はお嬢様の番になってしまう。絶対に死ぬわけにはいかない。

薄汚れた私をお嬢様が髪を撫でてくださって、ごめんね、と謝りながらいっしょに泣いてくださった。

お優しいわが主、必ずやお守りします。

少しずつ貯まっていく解放への積立金だけが支えだった。

私たちの状況が少し変わったのはガルフブルグにゲートが開いたときだった。

アルドは商品全部を連れてゲートの向こうに移り住んだ。ゲートの向こうはまだ見ぬ遺跡があり、探索者が次々と渡って探索を行っているという。

連れてこられたのは空まで届きそうな巨大な塔が立ち並ぶ遺跡だった。

サヴォアの旦那様の屋敷どころじゃない、王様の城にも匹敵する建物が立ち並んでいた。そしてどこまでも続く、継ぎ目のない石畳。

ゲートを越えたときに見た、太陽を浴びるガラスの塔の美しさはこの世のものとは思えなかった。きっと神が建てたものだろう。

その日から、私はスロット持ち、魔法使いとして貸し出されることが多くなった。

まだ見ぬ世界、探索する場所はいくらでもあった。

けがをすることもあったし、戦いのついでに慰み者にされることもあったけど、以前よりは辛くなかった。

そんなある日、不思議な男が私を借りに来た。

およそ鍛えているという感じではない細身の体。鎧(よろい)は着ておらず、奇妙な形の上着に白い中着。

首からは細い布を下げている。

見たことのない風体で探索者には見えないが、探索者、しかも前衛だという。

探索者は、戦士だろうが魔法使いだろうが、身に纏う雰囲気はある程度共通している。

つまり、敵を倒すという猛々しいというか攻撃的な、悪く言うなら獣のような雰囲気だ。もちろん、経験を積んでいくと、そんな雰囲気を感じさせない人もいるのだけど。

ただ、これは当然でもある。傭兵として戦に挑むにせよ、魔獣と戦うにせよ、闘争心はなくてはならない。心が弱いものは戦場では生き残れない。

だがこの男にはそういう気配はまるで感じられなかった。

貴族のような、平民を寄せ付けないような、見下すような壁を感じさせる人とも違う。普通の宿屋の主や商人がいちばん近いかもしれない。

今までいろんな探索者を見てきたが、奇妙としか言いようがなかった……率直にいえばいちばん頼りない男だった。前衛を務める、というが、こんな男が魔獣に立ち向かえるのか?

前衛が崩れれば私たちの命も危ない。こんな人にお嬢様の命を預けられるんだろうか。

でも、懸念はすぐに払拭された。

その男は今まで見た探索者の中で最も速かった。

自分を殴れといわれて、遠慮なく振った私の武器を文字どおり目にもとまらない速さでかわした。直前まで当たると思っていたのに掻き消えるように。

オーガと戦うときにも奇妙な槍のような武器を使っていたが、その切っ先が見えないほど。オーガの、威力はあるが鈍重な攻撃では何回やってもこの人には当たらなかっただろう。

しかし太刀さばきや体さばきは私から見ても稚拙で無駄が多く、恵まれたスロット武器の力に頼り切っている。恐ろしく強力なスロット武器を持つ駆け出しの剣士、それが私の印象だった。

もう一つ不思議なことがある。

普通ガルフブルグの人間は十二歳ころに自分のスロットを知る。そして強いスロットを持つ者は立身を目指してスロット能力を活かすための修練を積み、その多くは十五歳で成人したころには傭兵として戦場に出たり、探索に赴くのが普通だ。

この男の年齢は、私と同じくらいか、それとも少し上くらいだろう。さすがに十五歳には見えない。二十歳は過ぎているだろうか。その年齢の探索者にしてはあまりにも物を知らなすぎた。

本人は駆け出しの探索者だ、と言ってはいたが。この年になって突然空きスロットにスキルをセットして探索者になる、という話は聞いたことがない。

この年になって突然スロット能力に目覚めるということも聞いたことがない。

何かの事情で、たとえば僻地にいてスロットを診断できずスロットを持っていることを知らなかったのか。

それともなんらかの事情でスロットを持ってはいても使わずにいて、改めてスロットに能力をセットしたのだろうか。

しかも、魔法の使い方はおろか、魔獣の現れ方さえ知らない。そんなことは、探索者どころかスロットがないものでさえ知っているのに。

顔立ちは明らかに異国のものだし、着ている服も見たことがない形のものだ。どこか遠くの国から来たんだろうか。

でもスロット能力や魔獣のことを知らない国なんてものも聞いたことがない。

そうかと思えば、男は道に止まっている車輪のついた鉄の箱を動かすことができた。誰が何をやっても動かせないと聞いていたのに。

どういう能力なのかと思ったら、管理者（アドミニストレーター）というスロット能力だという。でも、そんなものは聞いたこともない。ただ、迷いなくその鉄の箱を動かす様は手慣れていて、知らないものを動かすようには見えなかった。

夜も結局はなにもなかった。

男に借りられるときは、意識的に尖（とが）った態度を取るようにしている。そうすれば矛先は私に向いてお嬢様に危害は及ばない。経験でそれはわかっていた。

だからお嬢様が私を庇（かば）ってくださったときは心臓が止まりそうになったが……その男はお嬢様にも何もしなかった。

最初に顔を合わせたときは私の体をじろじろ見ていたから、いつもどおりそれも目当てだと思ったけど。男はアルドにこう言った。そういうつもりじゃない、と。それは本当だった。

貸し出されたときに、お嬢様と静かに夜を過ごせたのは久しぶりだったと思う。

とても……失礼なことをしてしまった。

*

「おまえに買い手がつきそうだ」

そういわれたのは男が私たちを返却した翌日だった。

そう告げられてからしばらくして来たのは、おそらくダークエルフの血が入っている男だった。

浅黒い肌に、後ろに撫でつけるように整えられた黒髪。紺色の高価そうなマントに黒真珠をあしらった装飾をつけた、いかにも貴族の子弟という雰囲気だ。

私とお嬢様を上から下まで舐めるように眺める。いかにも値踏みするかのような視線で、好ましいものではなかった。お嬢様が私の後ろに隠れる。

探索者はスロット持ちの奴隷を買えるほど裕福じゃない。

それに、普通は探索者同士でパーティを組む。一時的な戦力補強で奴隷を借りることはあっても、奴隷を買ってまでパーティに入れようとするものは少ない。よほど強力なスロット持ちなら別だけど。

だから買い取られるのならば、スロット持ちを旗下に加えたい騎士か貴族か。それとも十分に余裕がある裕福な商人になることはわかっていた。この男がどちらのなのかはわからないけど。

そこに買われれば、魔法使いとして以外の役割も求められていることもわかっていた。でもそんなことの覚悟はできている。今までとなにも変わらない。

「お買い上げいただけるようで。ありがとうございます。わたくしがお嬢様の分まで、誠心誠意命を懸けてご奉仕いたします。ですから、お嬢様には寛大な処遇をお願いいたします」

大事なのはそこだけ。お嬢様といっしょにいられれば、私はどうなっても構わない。

「そういうわけにはいかないのだよ」

「え？」

見上げると、勝ち誇ったかのような目が私を見下ろしていた。

「……私はラクシャス家の命令で来ている。わかるかな？」

どこかで聞いた名前だ、と考えていてすぐに思い出した。

旦那様を破滅させたあの貴族の名だ。なぜここに？　あいつらが、なぜ？

目の前が真っ赤になるような気がした。

「安心してくれ、キミたちを離れ離れにはしない、しばらくはだが。まずは、君の大事なお嬢様の前で君を嬲ってやろう。それだけでは不公平だから、お嬢様を抱くときは君もその場にいさせてやる。いつもいっしょだ、嬉しいだろう？」

拳を握って殴りかかろうとしたけど、制約（コンストレイント）が働いて腕が後ろに引っ張られるようにして止まった。

ここではどうしようもない。旦那様の敵が目の前にいるのに。

もし私に今スロットの力が使えれば。こいつの首から上をガルフブルグの王城まで吹き飛ばしてやるのに。

にやにやと笑いながら男が言う。

「まあじっくり楽しんだ後は、君は娼館にでも売り払うがね。それまではいっしょにいられるぞ」

耳元でささやいて男はカウンターの向こうに行ってしまった。

殺してやりたかった。

＊

気づいたらあの妙な男がもう一度店に来ていた。いつのまにかお嬢様がその男と何かを話している。

「お兄ちゃん、いっしょに連れてって！」

お嬢様がその男の手を取って言った。

男が何かを考え込んでいる。

何を考えているかはわかる。気持ちは嬉しい。でも、その先を言わないで。お嬢様に呪いをかけないで。

だけど、その男はこういった。

「ユーカ、僕が君たちを買うよ。待っていて」

男は変な上着の裾を翻して出ていった。


その日は一日に十回はお嬢様から聞かれた。

「お兄ちゃんは迎えに来てくれるんだよね。まだかな?」

何かを与えられないことは辛いけど我慢できる。本当に辛いのは何かを与えてもらえると思ったのに与えられないことだ。

私はどう答えればよかったのだろう……八つ当たりとはわかっているけど、あの妙な格好をした男を私は恨んだ。

「きっともうすぐです。お金を用意するのもたいへんですからね」

不自然にならない様に言うしかない……ほかに何と言えただろう。

ほかの奴隷たちがなんとも言えない目でこちらを見る。

私はどこへ売られようと、何をされようと耐えられる。今までどおりに。

でもお嬢様をお守りできなくなることは耐えられない。

夜は二人で抱き合って眠った。お嬢様と過ごす最後の夜かもしれない。そう考えると胸が張り裂けそうになった。

「セリエ、ちょっと痛いよ」

「すみません、お嬢様」

強く抱きしめすぎたせいでお嬢様が身じろぎされる。

「今日は来てくれなかったね。明日は来てくれるよね」

「そうですね。きっと大丈夫です」

そう答えるしかなかった。


次の日はもっと辛かった。

ドアが開くたびに、といっても奴隷商を訪れるものはあまりいないのだけど、お嬢様が弾かれたように立ち上がってドアのほうを向き、うなだれるのを見るのは。

日が低くなるにしたがってお嬢様の顔が曇り、口数が少なくなっていく。

あのドアが開き、あの貴族が入ってくれば……私たちはどうなるのだろう。お嬢様は？

日が少しずつ低くなり影が長くなる。お嬢様が私にしっかりしがみついてくる。体が震えているのがわかった。でも私には抱き返すしかできない。

奴隷は自分の運命を自分では決められない。買われたらそれに従うしかない。

「お兄ちゃん来てくれないね。嘘だったのかな……」

あの男のことを責めることはできるだろうか。

普通に考えれば二日間で12万エキュトを稼ぐというのは不可能なことなのだ。そういう意味では責めることはできない。

でも、お嬢様に無為な期待を抱かせたことは許せない……私が奴隷から解放される日があるとしたら、それまで生きていられたら真っ先にあの男の喉を食いちぎってやる。

「セリエ……もうお別れなのかな」

「いえ、そんなことは……」

「……今までありがとう。ごめんね、つらいことばかりさせて……」

私の胸に顔をうずめたままお嬢様が言われた。

「まだ日は沈んでませんよ、お嬢様。あの方がもうじき来られますから」

あのときの気持ちは今もわからない。

信じたかっただけなのか、お嬢様への気休めだったのか。心のどこかで細い希望に縋っていたのか、ただ捨て鉢になっていたのか。そして。

……そのときの光景を私は永遠に忘れないだろう。

ドアが蹴飛ばされるように開き、日暮れの太陽の光が部屋の中に差し込んできた。

逆光を浴びて入ってきたあの男が周りを見渡し、私とお嬢様を見る。そして、懐から摑みだした割り符の束をアルドの机に積み上げた。

信じられなかった。本当に、たったの二日間であれだけの大金を用意できたんだろうか？　どうやって？

アルドが割り符を数える。たぶん何度も念入りに改めているんだろうというのがわかった。その間は百年以上経つほど長く感じた。

……そして、私たちはその男のものになった。

*

やっぱりこの男はよくわからない。

二日で12万エキュトをどうやって手にしたのか？　そして、なぜ三日前に会っただけの私たちにそんな大金をはたいたのか。

あの貴族からの五倍で買い取るという条件さえ平然と蹴った。ガルフブルグで何年かは遊んで暮らせる大金だ。誰だって考えを変えるだろうに。

まったく理解できない。

でもそんなことはどうでもいい。

わずか二日間でこの大金を得るためにどれほど危険が伴うか。そのくらいは私にもわかる。

金持ちが気まぐれに捨て金を払ってくれたのではない。この人は、私たちを助けるために、ほぼ見ず知らずと言っていい私たちのために命を懸けてくださったのだ。

そして……そのおかげで私はお嬢様といっしょにいられる。

なぜそんなことをしてくれたのかはわからない。でも理由なんてどうでもいい。その事実だけで、お仕えするには十分な理由だ。

ところで、よくわからないことはほかにもある。

自分で口づけするように言われたのに、口づけをしていただくようお願いしたらなぜか戸惑っておられた。自分で言われたことなのに、なぜだろう。

それに妙に周りを見回しておられた。奴隷に口づけするのに、なんで周りを気にするんだろう。

最初の口づけはすごくそっけなかった。

私が失礼なことを言ったことを怒っておられるのか……でも、本当に失礼な態度だったのだから……怒っておられても当然だ。

それとも私は汚れてると思われたのだろうか。それも、悲しいけど仕方ない。

でも……お願いしたらもう一度口づけしてくださった。

……今まで、口づけは数え切れないほどされた。

でも、無理やり押さえつけられて口をふさがれる、そんなのとは全然違った。

優しくて、柔らかくて。私のことを大事に思ってくださっているのが伝わってくる口づけ。

これが恋人同士のする口づけなんだろうか。初めての気持ちで天に昇りそうになった。

でも奴隷相手にあんなふうにするなんて、やっぱり変わった人。

……とても変わった、私の大事なご主人様。

4

明るい赤と白のレンガで作られた建物が並ぶ街。高さが異なる赤い瓦ぶきの屋根が並んでいる。複雑につながる路地はその広さもまちまちで効率的とは言いがたく、都市計画という概念とはあまり縁がないことを思わせる。

その街の一角にある、建物に囲まれた広場。その四囲は三百メートルほどであろうか。ちょっとした高校のグラウンドを思わせる広さだ。

その広場には渋谷スクランブル交差点にかけられているように、天幕がかけられていた。薄手の布が石畳に程よい日陰を作り、昼下がりの快晴の太陽の光が優しく和らげている。

広場は小さな露店や屋台が点在しているものの、昼を過ぎているせいか、屋台には人影がまばらだ。

夕食の支度をするにもまだ少し早いせいか、露店にも客の姿は少ない。何人かの客が暇そうな店主と世間話をしていた。

ここはガルフブルグの首都パレア。

その新市街と呼ばれる地区のとある広場である。そして、ふだんなら人影がまばらな時刻の広場の一角には、時ならぬ人だかりができていた。

そこにあるのは木で作った柱に幕を吊るして作った簡易的な舞台だった。その舞台の横にはリュート弾きとドラムをもった演奏者がいて、今はリュート弾きが低い音程で、物悲しげな曲を弾いていた。

舞台では細やかな演劇が演じられている。そして、舞台の前には五十人ほどの観客が演技を見守っていた。

幕の間に設えられた舞台では、メイドのような衣装を着た獣人の女の手を、黒いマントを着た男が取って引っ張ろうとしている場面が演じられていた。獣人の女のスカートには小さな金髪の少女が縋りついている。

「さあ来い、奴隷ども！　おまえたちはもはや私のものだ」

「嫌です。誰があなたのものになんて」

芝居がかった口調で獣人の女が言って、リュートがセリフに合わせて低い音を奏でる。

「おまえたちのようなものを救いに来るものなどいない！」

外套の男が獣人の女の手を強くひき、獣人の女が倒れ込む。少女が庇うように獣人の女に縋りつき、外套の男がそれを見下ろした。

「誰か！　お救いください！　せめてお嬢様だけでも！」

「諦めよ！　奴隷よ！」

観客から悲鳴のような声があがる。その瞬間。

「待て、そこまでだ！　貴族！」

舞台の袖からもう一人の声がかかった。

「その二人は渡さない」

「なんだと？」

大げさなしぐさで黒装束の男が振り返る。同時にドラムが大きく叩(たた)かれた。ドンという威勢のいい音が静かな広場に響く。

槍(やり)を持ったジャケットのような丈の短い服を着た男が、舞台袖から現れて、白い袋を掲げた。

「見よ、この宝石を」

そういって輝く石を舞台に置かれた机にばらまく。外套の男が驚いたようなしぐさで、一歩下がった。

「なんだ、これは？」

「デュラハンを撃ち倒し！　宝物庫を見つけたのだ！」

高らかに短衣を着た男が言って、槍を外套の男に向ける。

タイミングを合わせて、今度はリュート弾きが高らかに弦を鳴らし、続いてドラムが大きく叩かれた。一転した場面に、今度は観客が大きく歓声をあげる。

「思い上がるな。貴族よ。すべてが思いどおりになると思ったか！　その二人は僕のもの、好きにはさせない！」

「思い知らせてやるぞ、貴様！」

黒装束の男がそういうと短衣の男が槍をもう一度掲げた。

「いいとも、かかってくるがいい！　僕は逃げも隠れもしない！」

セリフに合わせてまたドラムが叩かれて、観客が歓声をあげる。

黒装束の男が体を翻して舞台の袖に下がった。短衣の男が槍を下ろしてメイド服を着た女を抱き寄せ、金髪の少女がしがみつく。

三人が抱き合って、そしてそこで、舞台に幕が引かれた。

少しの間をおいて、もう一度幕が開けられる。

短衣の男と黒外套の男、それに獣人の女と少女の四人が整列して観客に深々と頭を下げた。リュートとドラムが終幕に合わせたような威勢のいい曲を奏でる。

同時に観客が大喝采をし、口笛と拍手が響いた。

これはガルフブルグで人気の娯楽である歌劇だ。

名の知れた劇団や役者は設備の整ったホールで演ずるが、簡単なものはこのように広場で演じられていて、庶民の気軽な娯楽となっている。

「我がバティスト劇団の塔の廃墟の宝石狩りの物語！　お楽しみいただけましたでしょうか⁉」

短衣の男が観客に向けて手を差し伸べて言うと、拍手がいちだんと大きくなった。

「なあ！　これって本当の話なんだよな」

歓声に混ざって観客の一人が聞く。

「ええ、そのとおり！　私が塔の廃墟の探索に挑む友人にしかと聞きました」

「そいつは痛快な話だぜ、貴族様に一泡吹かせる探索者なんてそうはいねぇよ」

「まさしく！　然り！」

短衣の男、劇団長が答えてまた歓声があがる。

貴族はガルフブルグでは必ずしも嫌われているわけではなく、善政を敷き市民から敬意を払われるものも少なくない。しかし権威に溺れて横暴にふるまうものもまた存在する。

そして、特権をもつ雲の上のものに対して自分たちのような市井の者が一泡吹かせる、というのは痛快な物語であるのだ。判官びいき、下剋上は世界の壁を越えても共通する感覚である。

「でも……デュラハンを一人で倒せる探索者なんているとは思えないんだけど」

「まあそうかもしれんが……」

「強い探索者はいるからな。案外無理じゃないかもしれんぞ」

「でも、この人は何でこんなことしたのかねぇ？」

「さあなぁ、見当もつかないよ」

「昔の身内だった、とかそういうのじゃないか？」

「だよなぁ」

聴衆が口々に感想を述べる。

威勢のいい曲が流れ続ける中、役者たちが麻袋を持って観客の周りをまわり、客がそれぞれ役者と言葉を交わしながら懐から取り出した銀貨や銅貨を袋に入れていく。

「ねぇ。この男はなぜこんなことをしたのかしら？　知ってる？」

団長にそう聞いたのは銀色の長い髪のすらりとした長身の若い女だった。髪にゆるく日よけの布を巻き付けて、薄手の白いマントを羽織っている。

その隙間からのぞいているのは豊かな胸と細い腰のみごとなスタイルで、その妖艶な肢体を品のいい白と緑のロングワンピースのような衣装で包んでいた。

「さあ。私の友人が聞いたところですと、その男は言うほどのことじゃない、とだけ言っていたそうですよ」

ぶしつけに体を見過ぎないように注意しつつ団長が答える。

実のところ、思わせぶりなことを言ってはいるが、この団長にこの話をした探索者もそのことは知らなかった。

「ふぅん……この男には塔の廃墟に行けば会えるのかしらね」

「おそらく。友人がこちらに来るときにはまだ塔の廃墟で探索を続けていたとのことですから」

女が少し考えるような間をおいて艶然とほほ笑んだ。

「ありがとう、いい見世物だったわよ」

女が懐から金貨を一枚取り出して袋に入れる。団長が満面の笑みを浮かべて頭を下げた。

「あなたにご覧いただけて光栄です。美しいレディ」

*

もう一人の黒外套を纏った役者も麻袋を持って観客の間を回っていた。

「いかがでしたか?」

人混みの後ろの方で見ていた一人の探索者風の男の前で麻袋を広げる。

役者と同じような薄手の黒い外套を纏い、目つきは鋭い。黒い長髪はきちんと整えられており、腰には意匠を凝らしたサーベルを挿していた。

探索者はスロット武器を持つが、それとは別に自分の強さや経済力を誇示するために普通の武器を持つものも珍しくない。そして、そういうことをするのは、多くの場合は成功した探索者だ。若い駆け出しはそんな飾りに回す懐の余裕はないのだから。

役者の男もそれを一目で見て取って理解し、そして期待した。懐から取り出されるのは金貨だろうか。

しかし男は何か別のものを見ているかのように動こうとしない。

「旦那さ……？」

反応のない探索者の男にもう一度声をかけようとして、言葉を飲み込んだ。

男の黒い瞳には異様な輝きが見えた。そして、それが怒りの炎であることに気づけないほど彼は世間慣れしていないなどということはなかった。

方々を回り芸を披露するものにとって、客の感情や反応を察するのは演技と同じくらい大事なことなのだ。

危うきに近寄らず。慌てて横にいた観客にすり寄る。観客が懐から銅貨を入れてくれた。

＊

二人の役者がすべての観客を回り終えた。

音楽が終わり、観客がそれぞれ散っていって、劇団の団員たちが幕や柱をかたづけ始める。その探索者は立ち去ることなくそれを眺めていた。

探索者の浅黒い肌に映える白い歯がのぞき、ぎりりと歯ぎしりの音がする。

「許さんぞ……」

憎々しげな絞り出すような声は、雑踏の音にかき消されて誰にも聞こえなかった。

「カザマスミト……」

雪野宮竜胆（ゆきみや・りんどう）

富山県出身。本職は事務系リーマン。学生時代からオリジナルTRPGのデザインと作成をし、コミケ出展やコンテストへの応募経験あり。ルールブックや幕間劇の執筆、ゲームマスターも手掛けた。「小説家になろう」には2016年から投稿を開始。本作がデビュー作となる。

レジェンドノベルス
LEGEND NOVELS

普通のリーマン、異世界渋谷でジョブチェンジ 1

2018年10月5日 第1刷発行
2019年9月30日 第3刷発行

［著者］ 雪野宮竜胆
［イラストレーション］ 電鬼
［装幀］ ムシカゴグラフィクス

［発行者］ 渡瀬昌彦
［発行所］ 株式会社 講談社
〒112-8001 東京都文京区音羽2-12-21
電話 ［出版］03-5395-3433
［販売］03-5395-5817
［業務］03-5395-3615

［本文データ制作］ 講談社デジタル製作
［表紙・カバー印刷］ 凸版印刷 株式会社
［本文印刷・製本］ 株式会社講談社

N.D.C.913 254p 20cm ISBN 978-4-06-513257-9

レジェンドノベルス

LEGEND
NOVELS